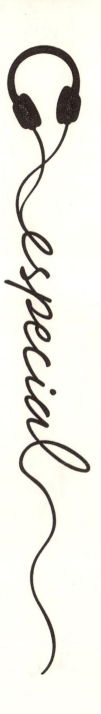

RYAN O'CONNELL
especial

TRADUÇÃO
ADRIANA FIDALGO

1ª edição

— Galera —
RIO DE JANEIRO
2019

CIP-BRASIL. CATALOGAÇÃO NA PUBLICAÇÃO
SINDICATO NACIONAL DOS EDITORES DE LIVROS, RJ

O18e

O'Connell, Ryan
   Especial / Ryan O'Connell ; tradução Adriana Fidalgo. - 1. ed. - Rio de Janeiro : Galera Record, 2019.

   Tradução de: I'm special (and other lies we tell ourselves)
   ISBN 978-85-01-11737-3

   1. Humorismo americano. I. Fidalgo, Adriana. II. Título.

19-56743
CDD: 817
CDU: 82-7(73)

Vanessa Mafra Xavier Salgado - Bibliotecária - CRB-7/6644

Copyright da edição em português © 2019 por Editora Record LTDA.

Título original norte-americano:
I'm special (and other lies we tell ourselves)

Copyright © 2015 by Ryan O'Connell

Publicado mediante acordo com a editora original, Simon & Schuster, Inc.

Todos os direitos reservados.
Proibida a reprodução, no todo ou em parte, através de quaisquer meios.
Os direitos morais do autor foram assegurados.

Design e composição de miolo: Renata Vidal

Texto revisado segundo o novo Acordo Ortográfico da Língua Portuguesa.

Direitos exclusivos de publicação em língua portuguesa somente para o Brasil adquiridos pela
EDITORA RECORD LTDA.
Rua Argentina, 171 - Rio de Janeiro, RJ - 20921-380 - Tel.: (21) 2585-2000, que se reserva a propriedade literária desta tradução.

Impresso no Brasil

ISBN 978-85-01-11737-3

Seja um leitor preferencial Record
Cadastre-se e receba informações sobre
nossos lançamentos e nossas promoções.

Atendimento e venda direta ao leitor
sac@record.com.br ou (21) 2585-2002

EDITORA AFILIADA

PARA MINHA MÃE E MEU PAI:

OBRIGADO POR FODEREM MINHA VIDA
NA MEDIDA CERTA.

SUMÁRIO

9   PREFÁCIO

15   CRESCENDO COMO UM SEQUELADO

46   SER ATROPELADO POR UM CARRO
(E outras coisas maravilhosas que acontecem às vezes, se você tiver muita sorte!)

65   O DIABO VESTE VAREJO

82   JOVEM NÃO PROFISSIONAL

99   SOBRE O QUE FALAMOS QUANDO NÃO ESTAMOS FALANDO SOBRE DINHEIRO

115   SER GAY É GAY

136   ENCONTRAR (E PERDER) O AMOR EM UM MAR DE *LIKES*

160   MELHORES AMIGOS PARA SEMPRE,
          MELHORES AMIGOS JAMAIS

175   COMO NÃO BEBER OU SE DROGAR

192   GERAÇÃO TARJA PRETA

217   EPÍLOGO

221   AGRADECIMENTOS

PREFÁCIO

Ei, Millennial! Você nunca se tocou, nem por um segundo, de que esse mundo não foi criado para que você o usasse, exaurisse, espremesse até o bagaço, certo? A vida inteira, você teve o privilégio de foder com tudo, de ligar nos momentos mais inoportunos, de passar pela faculdade feito um zumbi e de descartar o amor como se ele fosse um papel de chiclete amassado. Todo mundo é responsável por suas indistintas crises de ansiedade, por seus relacionamentos superficiais, por sua falta de direção e por seu medo devastador de intimidade. Todo mundo é responsável, menos você. Então faça uma reverência e agradeça a tudo o que tornou nossa geração possível. Agradeça à internet, às mensagens de texto, ao Skype, Snapchat, Vine, Instagram, Grindr e Tinder por tornarem a interação presencial algo obsoleto e assustador. Agradeça à solidão que irradia da tela brilhante do computador e à amarga surpresa de ter centenas de amigos no Facebook, mas ninguém com quem jantar. Agradeça a seus pais, que quiseram lhe dar mais, mais e mais. Que o cobriram de certezas e elogios, já que os pais deles nunca fizeram o mesmo. Ser um *baby boomer* significa que, quando caíam e arranhavam os joelhos, precisavam achar os Band-Aids sozinhos. Significa que podiam desaparecer com os amigos por horas, sem precisar da autorização da boa e velha Mamãe. Se nossos pais demonstram seu amor em HD, os pais de nossos pais optaram por um modelo de baixa definição.

Algumas pessoas acreditam ser uma característica dos pais dar aos filhos o que jamais tiveram, e, se for esse o caso, *isso* é o que deve ter faltado aos *baby boomers*: pais que agissem como helicópteros, pairando sobre os filhos a cada segundo de cada dia. Pais que provocassem, estimulassem e compactuassem com um comportamento egoísta quando seus filhos estivessem chateados. Pais que não só comprassem Nebacetin para as crianças, como praticamente as lambuzassem da cabeça aos pés com a pomada. A definição de um bom pai ou mãe mudou, e agora, de uma forma ou de outra, estamos todos pagando um preço especial por isso. Ao tentar proteger os filhos da bagunça que é a vida, nossos pais criaram uma geração que está fadada a pisar em cheio em cocô de cachorro.

Mesmo que seus pais tenham optado por uma abordagem mais pragmática em sua criação, você ainda pode encontrar outras maneiras de se destacar. Desde que se inscreveu para aquele teste gratuito de internet discada no ensino fundamental, você tem sido encorajado a compartilhar cada peido cerebral, cada ressaca, cada enfadonha tarde de sábado, então você vai lá e faz isso! Você compartilha! Seu último tuíte/atualização de status — "Dia lindo hoje. Vou comer um sanduíche de atum. HMMM" — recebeu seis *likes* de quase estranhos, o que indica que as pessoas, de fato, querem saber o que você está pensando o tempo todo. Elas podem não ter consciência ainda, mas, bem lá no fundo, anseiam pela informação. É como uma droga. UMA DOSE. POR FAVOR, EU PRECISO DE SEU COMENTÁRIO SOBRE O TEMPO E AMOR POR SANDUÍCHES DE ATUM.

Você é especial porque, sempre que namora alguém, pode colocar "em um relacionamento sério" no Facebook. Mostrar a seus amigos e conhecidos que você chegou em primeiro lugar na corrida do amor equivale a uma punheta virtual, e, toda vez que um animigo stalkeia sua página e vê que você está comprometido, um jato de porra acerta os olhos dele.

Você é especial porque ganhou muitos prêmios. Você participava de infinitas atividades extracurriculares e, depois da conclusão de cada uma, lhe era concedido um superlativo inútil, como "O Mais Espirituoso" ou "Melhor Senso de Humor do Time de Kickball". Todo mundo recebia um prêmio — era essa a ideia original da lei Nenhuma Criança Deixada para Trás —, mas o seu tinha maior importância que o dos demais. Em seguida, você corria para casa e colocava seu novo prêmio ao lado do diploma do jardim de infância e do troféu que recebera pela construção da melhor fazenda de formigas no ensino fundamental. Então se recostava e sorria, ciente de que estava no caminho certo para o sucesso. Porque a pessoa que ganha o título de "Melhor Senso de Humor do Time de Kickball" não se torna um fodido. De jeito nenhum! Essa pessoa se torna um astronauta, um político ou, pelo menos, gerente de uma loja de artigos esportivos. Era um sinal de que você estava destinado à grandeza. É pura lógica. Se você não for bem-sucedido, quem diabos será?

Você é especial porque tem um blog. Você é especial porque, sempre que pegava no sono em longas viagens de carro, seu pai costumava carregá-lo para a cama. Você é especial porque sua ex já gravou um CD em sua homenagem. Você é especial porque uma vez encontrou uma das gêmeas Olsen em um show e ela elogiou seus sapatos. Você é especial porque recebe cinco mensagens do OkCupid por dia. Você é especial porque um careca com sobrepeso tirou uma foto sua em uma festa e publicou no próprio site. Você é especial porque tem 212 seguidores no Twitter, mas segue apenas 126 pessoas. Você é especial porque se saiu muito bem no vestibular e um de seus professores o chamou de prodígio. Você é especial porque cresceu acreditando que podia fazer qualquer coisa que quisesse, e não conseguiria se imaginar pensando de outra forma. Você é especial porque existem séries sobre você e seus amigos e porque o *The New York Times* não se cansa de publicar artigos sobre jovens na faixa dos vinte anos. Você é especial porque todo mundo está prestando atenção em sua geração, se perguntando que tipo de legado vão deixar, e você gosta de ser notado.

Sei por que você é especial: porque também sou especial. Na verdade, se consultasse "Millennial" no *Urban Dictionary*, você provavelmente encontraria uma selfie minha com muito filtro. Eu mergulhei de cabeça em todo clichê imaginável para jovens de vinte e poucos anos. Pais-helicóptero obcecados por cada passo meu? Confere. Uma constante necessidade de validação na internet? Confere. Uma tendência ao vício em drogas lícitas? Infelizmente, confere. Namorei todos os embustes, fiz todos os estágios inúteis, bebi todo o vinho e consumi todas as drogas do mundo. Tratei minha vida como se fosse um grande experimento, e então tive a ousadia de ficar surpreso quando tudo explodiu bem na minha cara. Muita burrice, não é? Bem, deve ser porque, além do típico jovem psicótico, também sou retardado. Não, verdade. Sou mesmo. Nasci com uma leve paralisia cerebral (ou, como gosto de chamá-la, para*lol*sia), o que significa que manco quando ando e exibo pitadinhas de dano cerebral. Não sou apenas especial de um modo "floco de neve delicado", também sou especial nível "assento preferencial"! Mas, apesar da minha deficiência, sou exatamente como você. Alguém que tenta controlar sua compulsão por doenças venéreas e delivery de comida tailandesa e que tenta aprender como realmente amar a si mesmo. Não é fácil! Os Millennials ouviram, repetidas vezes, que somos uma falha gigantesca, e, como esperado, muitos de nós passaram a acreditar. Mas, se olhar em retrospecto, vai perceber que todas as gerações têm sido analisadas e estereotipadas — como a indolente Geração X e *Caindo na Real* —, então tente não surtar com as críticas! Mande as suas inseguranças darem o fora e simplesmente aceite que nosso legado pode ser um pouco não sofisticado. Assim que fizer isso, pode parar de se preocupar em ser a pessoa que o mundo espera que seja e começar a descobrir quem, de fato, é. Pode parecer uma jornada opressiva, mas estarei ao seu lado. E se compartilhar alguns de meus erros fizer você se sentir menos esquisito e solitário, então acho que não me arrependo de nada que tenha feito. Na verdade, não estou sendo totalmente sincero. Eu me arrependo de correr contra o tráfego e ser atingido por um carro. Mas falaremos disso mais tarde.

CRESCENDO COMO UM SEQUELADO

Para entender por que você é desse jeitinho, é preciso voltar ao início e analisar cuidadosamente sua família.

Essa é minha família. É de onde venho.

Minha irmã mais velha, Allison — que aos vinte e poucos anos se rebatizou Allisol, porque agora você pode fazer esse tipo de coisa e ninguém dá a mínima —, é um espírito livre e vegano, que faz parte de uma pequena comunidade de dançarinos de bambolê no Brooklyn. Eles se autodenominam "Bamboleadores" e se apresentam em festivais de contracultura, no estilo Burning Man. Alguns até mesmo fazem do bambolê seu *ganha-pão*.

— Não tem nada mais legal que ser um Bamboleador — disse minha irmã certa noite, enquanto bamboleava para mim em seu quarto. Ela estava rodando um bambolê com luz de LED embutida, que custa 360 dólares. — Estamos dominando tudo!

Embora a diferença de cinco anos tenha nos impedido de passar muito tempo juntos enquanto crescíamos, eu me lembro de que ela fez parte de alguns marcos históricos da minha vida — sendo o mais importante a primeira vez que meu pai se deu conta de que eu talvez fosse gay. Eu tinha 14 anos e continuava trancado no armário, mas, depois de um semestre em uma faculdade de artes, minha irmã chegou em casa para o Natal, deu uma olhada em mim certa manhã e perguntou:

— Você sabe que é gay, né?

— Não, não sou — berrei, limpando a poeira do meu disco da Billie Holiday e o guardando, cuidadosamente, de volta na capa.

— Está tudo bem, Ryan! Apenas seja você mesmo!

— Hã, oi? Já *sou* eu mesmo. Acho que é humanamente impossível ser alguém que não eu.

Então meu pai entrou na sala, esfregando o sono dos olhos, e nos perguntou que merda estava acontecendo.

— Nada, pai.

— Estou dizendo a Ryan que não tem problema ser gay.

— Ryan é gay? — Seu rosto ficou pálido como um fantasma. Imagens de seu filho mais novo vogueando ao som de Madonna e fazendo sexo anal dançaram em sua cabeça.

— Não, não sou. Juro!

— Faria alguma diferença se fosse? — bufou minha irmã. — Quero dizer, eu sou bissexual.

— Você o quê?!

— É isso mesmo. — Ela sorriu em desafio. — Tenho uma namorada chamada Sky.

— Espera aí. Achei que você tivesse um namorado chamado John.

— E tenho. Isso se chama relacionamento poliamoroso, pai. Nunca ouviu falar?

— Ah, Jesus. Que besteira é essa? Vou voltar para a cama.

Meu pai é um grande ursinho liberal, mas é óbvio que pertence a uma geração diferente da nossa. Quando decidiu ter filhos, não acho que tenha sequer considerado a possibilidade de acabar com uma filha bissexual poliamorosa e um filho gay com uma deficiência. Somos modernos pra caralho.

Meu irmão mais velho, Sean, também é um Millennial de carteirinha, mas, em vez de mudar seu nome e namorar cinco pessoas ao mesmo tempo, decidiu tirar vantagem da invenção da internet com um site pornô. Quando tinha 19 anos, Sean estava sem grana e vivia em um apartamento caindo aos pedaços em Skid Row, uma parte pouco recomendável de LA, com limitadas opções de carreira. Então, em um momento de total desespero, criou um site que explorava seu ponto forte — que, não por acaso, era encontrar os pornôs mais asquerosos da internet e editá-los em vídeos virais engraçados, mas perturbadores. O site é como o Funny or Die, mas com moradores de rua fornicando em hotéis baratos ao som de Björk. É absolutamente revoltante, mas, em quatro anos, ele conseguiu se tornar um jovem milionário de vinte e poucos anos. Bem-vindo aos Estados Unidos, bebê!

E então, claro, chegamos a mim: o caçula da família e o mais Millennial de todos. Nos últimos anos, eu consegui construir uma carreira como escritor com textos sobre minha trajetória de desastre completo, o que é ótimo, só que não, porque eu realmente gostaria de me tornar equilibrado em algum momento. Mas aqui estou, uma pessoa quase saindo da casa dos vinte, e, às vezes, ainda me sinto muito longe de conseguir lidar com minhas merdas. Literalmente. Não consigo controlar minhas fezes.

Permita-me explicar. Recentemente, minha mãe, minha irmã e eu decidimos ir até Montreal para comer bagels e criar novas e dolorosas memórias juntos. Amo viajar de férias, mesmo em família. A única desvantagem é que fico com uma forte prisão de ventre. Quando estava na quinta série, meu irmão e eu participamos de um acampamento escolar de cinco dias em Big Basin, e, até o último momento, eu não tinha cagado sequer uma vez. Quando chegamos em casa, nós dois corremos para o banheiro e, depois de terminarmos nossa obra, meu irmão olhou para mim e disse:

— Caraca. Você também não fez cocô lá?

Nada mudou desde então. Levou três dias e uma desagradável experiência com um poutine canadense para que meu organismo, enfim, decidisse que *Ok, me sinto confortável o bastante para o número dois agora. Vamos nessa!* Enquanto eu corria os três quarteirões entre o restaurante e o nosso apartamento alugado, minha mãe e minha irmã seguiam meus rastros, tirando foto de coisas que os brancos gostam de imortalizar quando estão de férias, como *street art*, árvores e calçadas.

Eu estava no auge de minha obra quando elas chegaram, e, em vez de me deixarem em paz, minha mãe bateu na porta do banheiro.

— Ryan, está tudo bem?

— Estou bem — respondi, a voz tensa. — Já vou sair.

Era mentira. No momento que ouvi o cocô bater na água da privada, soube que estava na merda. Eu me levantei e inspirei fundo antes de dar uma conferida em minha criação. Era enorme. Não havia a menor chance daquele monstro fazer a passagem sozinho, mas, à revelia, decidi dar descarga mesmo assim. Sabe quando um cocô é tão grande que nem mesmo se move? Foi o que aquele fez; permaneceu onde estava, quase me mostrando o dedo do meio. Entrei em pânico.

— Puta merda — murmurei.

— O que está acontecendo aí? — gritou minha mãe, do outro lado da porta.

— Nada, mãe. Só sai daqui!

— Vou entrar! — Eu me atrapalhei todo para vestir as calças. Quando ela entrou no banheiro, apertou o nariz e berrou: — QUE DIABOS VOCÊ FEZ?

— Entupi a privada, mas tudo bem! É só usar o desentupidor. — Olhei em volta. Não havia desentupidor. — Droga.

Minha mãe soltou um suspiro exasperado e abriu caminho até a privada. Então deu uma olhada no estrago e disse, muito séria:

— Querido, nunca imaginei que era possível fazer um cocô tão grande. — Parte de mim ficou lisonjeado, porque soou como um elogio.

Alguns segundos se passaram antes que minha mãe entrasse no modo solução-de-problemas e achasse um par de luvas debaixo da pia.

— O que você está fazendo?

— Não tem como isso descer sozinho. Preciso pegar partes do cocô e colocar em um saco de lixo.

— O QUÊ?! — exclamei. — Não, mãe... por favor, não faça isso. Deve ter um jeito mais fácil.

— Não tem!

— Bem, pelo menos deixe eu fazer isso!

— Não. Agora se afaste!

Não é fácil explicar como uma pessoa de 26 anos se sente ao ver a mãe pegar pedaços do seu cocô e colocar em um saco de lixo. Veja bem, sou realista sobre meus objetivos enquanto ser humano. Sei que o amadurecimento não se dá da noite para o dia e que cada um tem a própria definição do que significa ser um adulto. Mas, até então, realmente acreditei que minha mãe não teria mais nada a ver com meu cocô. Depois de todos esses anos me oferecendo casa, comida e roupa lavada, o mínimo que eu poderia fazer por ela é cuidar das minhas próprias merdas. Literalmente.

Mas não consigo fazer isso. Não consigo fazer nada. Meus pais criaram três filhos, cada um mais especial que o outro, e foi isso que ganharam: um pornógrafo rico, uma dançarina de bambolê poliamorosa e um desajustado com prisão de ventre. E, embora minha família pareça única, sei que não somos. Na verdade, eu apostaria toda a minha grana que a maioria dos pais de vocês pescaria sua merda da privada se fosse preciso.

É como as coisas funcionam agora. É o que acontece quando se faz parte de uma geração cujos pais não querem que você jamais conheça o sofrimento; você acaba com um bando de pessoas de vinte e tantos anos que nunca se incomodaram em descobrir como se vive.

A maioria das pessoas da minha idade nasceu em circunstâncias felizes: cercada pela família na sala de parto, alguém alegremente eternizando o momento em vídeo enquanto os outros se amontoam perto da mãe eufórica quando ela cumprimenta aquela bola de carne pela primeira vez. Meu nascimento, por outro lado, foi um episódio de *American Horror Story*. No instante que saí da vagina de minha mãe, eu estava azul, meu cérebro morrendo por falta de oxigênio. Os médicos disseram a meus pais que não havia como prever a extensão dos danos físicos e mentais. Não teve bolo para celebrar, nenhum beijo terno... apenas o puro pânico de *que porra é essa que acabou de acontecer com nossas vidas*.

Nos primeiros anos, meus pais viveram em constante agonia, sem saber se eu acabaria como um vegetal ou que outros problemas poderia vir a ter. Não comecei a andar até quase completar quatro anos, mas, aparentemente, sempre fui meio verborrágico.

— Você conversava com qualquer um — conta minha mãe. — Não calava a boca. Mas a gente raramente se irritava, porque era um sinal de que seu cérebro estava funcionando.

Caramba, se você parar para pensar, paralisia cerebral é a desculpa perfeita para ser uma peste.

— Mamãe e papai, vocês precisam me aturar porque eu poderia ter sido o equivalente humano a uma página em branco!

Gostaria de poder dizer que fui uma plácida borboleta deficiente, que entendia todas as dificuldades enfrentadas por meus pais ao criar uma criança com paralisia cerebral, mas seria mentira. Na verdade, eu os torturei. Eles tornavam tudo tão fácil para mim... Principalmente minha mãe. "Ryan, deixa eu limpar seu rosto", "Ryan, deixa eu amarrar seus sapatos", "Ryan, deixa eu invadir seus pulmões e respirar por você porque a ideia de que precise fazer qualquer coisa me enche de dor."

Minha geração inteira cresceu sob os cuidados de um bando de adultos que, de bom grado, pensaria em emoldurar o primeiro movimento intestinal de seus filhos e em cobri-los de elogios toda vez que não gritassem FODA-SE na cara deles; então é óbvio que essa inclinação natural foi elevada ao quadrado quando minha mãe deu à luz uma criança que realmente precisava de atenção o tempo todo. Eu estava fodido! Ela estava fodida! Meus dois irmãos — que foram o rei e a rainha do castelo até meu traseiro exigente surgir no pedaço — estavam fodidos!

Temendo que minha mãe e eu nos tornássemos uma versão moderna de *Grey Gardens*, aquele filme sobre mãe e filha que viviam isoladas em meio aos restos de uma existência outrora rica, meu pai tomou para si a responsabilidade de não ser um pai-helicóptero. Com minha mãe, sempre consegui me safar do que não tinha vontade, mas o detector de caôs do meu pai era infalível. Ele era imune à minha manipulação e garantia que eu não saísse impune, não importando o quanto eu protestasse ou exagerasse ao mancar. Mas sempre que meu pai decretava uma lei, minha mãe logo tentava aboli-la. Tarefas domésticas, por exemplo. Eu sofro de espasmos, então às vezes, quando ia fazer algo tipo usar uma vassoura aos sete anos, acabava piorando a bagunça. Em vez de me deixar desistir, como qualquer pessoa normal, meu pai se assegurava de que eu aprendesse a me virar; isso até minha mãe entrar em cena.

— O que é isso, Dennis? — perguntava ela aos berros, o rosto se derretendo em uma máscara de simpatia enquanto me via tentar, em vão, limpar alguma coisa que eu tinha derrubado no piso.

— Estou ensinando a ele como usar uma vassoura, Karen! — gritava meu pai em resposta. — Ele não sabe fazer isso, acredita?

— Mamãe — eu choramingava —, não consigo fazer isso. É muito difícil, e papai não vai me deixar parar até eu limpar tudo.

— Ouviu isso, Dennis? Ele não consegue! Agora pare de fazer o menino se sentir mal!

— Ele consegue, sim. Não pode simplesmente fugir de tudo sem nem tentar — gritava meu pai. — Ryan, se concentre na vassoura!

— Ryan, venha aqui! — Mamãe acenava para mim de braços abertos. Eu caminhava em sua direção.

— Nem pense nisso, moleque! Volte aqui agora mesmo.

— Não escute seu pai. Venha aqui!

Às vezes meu pai ganhava a discussão e me forçava a terminar a tarefa. Às vezes ele perdia. Mas, independentemente do resultado, meus pais acabavam furiosos um com o outro. Você ficaria surpreso se eu lhe dissesse que entraram com o pedido de divórcio quando eu tinha oito anos? Não, claro que não, porque os pais de todo mundo são divorciados agora. Tirando a lembrança pontual dos dois brigando por minha causa, na verdade nem sequer me lembro dos meus pais juntos. Tudo o que sei é que nossa família estava em maus lençóis quando se separaram; tínhamos decretado falência e a hipoteca da nossa casa estava em execução. Era um lugar que jamais pudemos pagar, aninhado nas colinas do subúrbio e com um deque no quintal dos fundos que se abria para um amplo declive. Nós nos mudamos para lá porque minha irmã sofria bullying no bairro onde morávamos antes, e meus pais queriam viver em um lugar onde ela pudesse fazer amigos. Pode parecer uma reação extrema ao assédio moral, mas é algo comum hoje em dia. Uma criança é importunada pelos vizinhos, então seus pais vendem a casa e se mudam para outra que não podem pagar. Dã.

Mas eu amo meus pais. Muito. Minha mãe, em especial, nasceu para ser mãe. Ela é boa nesse nível. Apesar de ter me tornado financeiramente independente dos meus pais há anos, minha mãe e eu temos uma conta conjunta, então ela pode assinar meus cheques e pagar meus boletos antes do vencimento.

Ela também administra meus impostos e cuida de qualquer questão relacionada a meu plano de saúde. Digo a mim mesmo que a deixo fazer essas coisas para que se sinta necessária, mas também sou um pirralho mimado que está acostumado a ter tudo na mão. Você deve imaginar que, com toda essa codependência, eu ligo para minha mãe o tempo inteiro, mas não faço isso. Na verdade, quando conversamos, em geral o diálogo segue o seguinte padrão:

— Oi, querido — fala minha mãe ao telefone. — O que está fazendo?

— Nada — respondo, brusco. — Na verdade, estou, ah, muito ocupado. E aí?

— Ah, só estou fazendo as coisas da casa. Deixa eu te contar, hoje eu fui aos correios e tinha uma mulher irritante na minha frente com um pacote, e você não vai acreditar...

— Mãe, preciso desligar. Desculpe.

— O quê? Por quê?

— Estou cheio de coisa do trabalho para fazer — digo a ela. Na verdade, estou procurando fotos de quando Kirsten Dunst e Jake Gyllenhaal eram um casal, lá pelo início dos anos 2000.

— Você não pode nem falar comigo por um segundo?

— Ah, não.

Então, ela fica triste, e eu fico irritado que esteja triste, e a conversa termina com um sabor amargo. Logo em seguida, a coisa mais estranha acontece. Eu me sinto devastado pela culpa e imediatamente quero ligar para ela e dizer:

— Ai, meu Deus, mãe. Eu te amo tanto. Desculpe pelo que disse. Por favor, termine sua história sobre a mulher nos correios. Preciso saber como acaba!

Como uma pessoa vai de completa irritação a esmagadora obsessão no clique de um tom de discagem? Muitos dos meus amigos compartilham a mesma relação contraditória com os pais. Somos *obcecados* e não vivemos sem eles. Ficamos tão felizes de encarar a situação sob uma nova perspectiva agora, e de poder nos desculpar por tê-los tratado tão mal quando éramos adolescentes. Mas *ah, meu Deus, eles estão ligando e não posso nem ouvir a voz deles nesse momento. Na verdade, eu estava aguardando ansiosamente um dia sem drama, sabe? Mas eu os amo muito. Espero que continuem me ligando para que eu possa ignorá-los e me sentir amado!* Minha mãe é minha rede de proteção, e eu a amo de uma forma assustadora, mas às vezes, quando conversamos, não posso evitar a sensação de que fazemos isso no ritmo de um filme da Sofia Coppola.

Ironicamente, meu pai — que sempre manteve distância quando eu era mais novo — agora é meu melhor amigo. Viajamos juntos. Caminhamos de mãos dadas pela rua. Na verdade, eu ligo mais para ele do que ele para mim. Então a moral da história parental parece ser: se não for próximo de seus filhos, eles vão crescer encantados por você e querendo sua aprovação. Mas se fizer de tudo por eles e os amar mais que qualquer outra pessoa jamais seria capaz, eles vão ignorar suas ligações. WTF?

Pouco antes dos meus pais anunciarem o divórcio, os dois combinaram forças uma última vez para soltar uma bomba em cima de mim.

— Ryan, você precisa fazer uma cirurgia. Uma cirurgia importante.

— Como assim? — berrei para os dois. — Eu vou morrer?

— Não, querido — assegurou minha mãe. — Você não vai morrer.

— Bem, Karen, é uma operação delicada...

— Dennis, pare com isso! — Minha mãe se virou para mim. — Você precisa fazer uma cirurgia para alongar seu tendão de Aquiles.

— E uma osteotomia de realinhamento do fêmur.

— O que isso significa?

— Significa que você vai ficar numa cadeira de rodas por três meses, querido.

— Três meses numa cadeira de rodas? Impossível!

— Querido, você não tem escolha — disse minha mãe. — Sinto muito.

— Ah, garoto, você também vai precisar engessar o corpo todo por duas semanas — emendou meu pai.

Ah, meu Deus. Essa é a vida secreta de uma criança com deficiência leve. Brincamos no parquinho, temos amigos na escola e, então, dizemos a todo mundo *Volto já. Preciso engessar o corpo inteiro por um instante. Bom verão!* Odiei. Quando você é mais velho, procura avidamente por maneiras de se sobressair. Se hoje me obrigassem a engessar meu corpo inteiro por duas semanas, eu ia apenas rir, postar milhares de fotos no

Instagram e observar os *likes* se acumularem. Mas, quando você tem sete anos, as diferenças são sua ruína. Somos condicionados a ignorar as coisas que nos individualizam e não queremos nada mais que desaparecer em um mar de mesmice e marcas da moda.

Passei meus dias engessado enfurnado no quarto, as persianas abaixadas, encarnando o Jimmy Stewart de *Janela Indiscreta*, mas ainda tive que voltar à escola em uma cadeira de rodas. Por sorte, meus pais haviam investido até o último centavo me matriculando em uma pequena escola episcopal, com uma média de quinze alunos por sala, apenas para que eu pudesse ter um relacionamento mais íntimo com meus colegas de turma e para minimizar o risco de eu ter que lidar com idiotas. Frequentei a St. Paul's, em Ventura, na Califórnia, da pré-escola até a oitava série, basicamente crescendo com meus colegas. Nós nos tornamos uma família disfuncional unida, e, muito embora fôssemos rudes uns com os outros em algumas ocasiões, ninguém me zoava por causa da minha deficiência. Bem, exceto aquela vez em que uma garota me ridicularizou por babar durante a aula de arte, mas a irmã dela também tinha paralisia cerebral, então os insultos devem ter nascido de suas próprias inseguranças sombrias, certo?

Ainda assim, eu temia voltar à escola em uma cadeira de rodas. Não tinha o menor pudor em ser o filho retardado e especial em casa, mas, na St. Paul's, queria ser igual a todos os outros. Havia dedicado tanto tempo a me certificar de que minha vida com paralisia cerebral não se infiltrasse em minha vida escolar... Milagrosamente, funcionou! Se eu fosse engraçado e fizesse as pessoas rirem, podia desviar a atenção do fato de que eu usava muletas e corria como Forrest Gump. Mas, depois da escola, eu me deparava com a realidade de minhas limitações físicas. Fisioterapia, infinitas consultas médicas, alongamentos dolorosos quando chegava em casa; eram coisas que eu queria manter escondidas dos meus amigos porque acreditava que, assim que descobrissem a bizarra rotina diária à qual precisava me submeter, eles sentiriam pena de mim. Pena não é um bom alicerce para amizade. Pena exclui você de todas as festas de aniversário depois da quinta série.

No primeiro dia de aula, subi guinchando a rampa que a escola havia instalado exclusivamente para mim, e me dei conta, bem rápido, de que a maioria das crianças de sete anos é obcecada por coisas que não entendem. Elas trataram minha cadeira de rodas como se fosse uma nave espacial alienígena e disputaram de quem seria o privilégio de me empurrar até o pátio na hora do recreio. Quando chegamos lá, me rodaram em círculos, dando cavalos de pau. Fiquei encantado com tanta atenção, porque aquilo significava que ainda gostavam de mim! Eles gostavam mesmo, mesmo de mim! Quando, enfim, levantei da cadeira, um colega de turma assumiu o papel de fisioterapeuta e me ajudou a reaprender como se anda em um playground. O objetivo era alcançar a parede no fim do pátio sem a ajuda do meu andador, e eu consegui! Cheguei à parede, e todas as crianças da minha turma — todas as quinze

— começaram a aplaudir e a me ovacionar. Não é uma cena tocante? Ser legal quando criança não é uma tarefa fácil. O cérebro ainda não está completamente formado, então elas dizem todo o tipo de bizarrice, como *Por que você é gordo? Por que sua cara é estranha? Por que você é tão irritante?* Meus colegas da St. Paul's merecem uma medalha por não se comportarem como monstrinhos quando o assunto era eu.

No ensino médio, cursei uma escola profissionalizante que tinha acabado de inaugurar, chamada Foothill Tech, e bem podia ter sido batizada de Escola Secundária Floco Especial de Neve. Era um lugar especialmente projetado para nerds e pessoas supersensíveis. A administração baniu os esportes, privilegiando as conquistas acadêmicas, o que significava que, em vez de nos encontrarmos para torcer pelos times da escola, tínhamos eventos como Maratonas Renascentistas, onde nos reuníamos para premiar os alunos no quadro de honra. Os estudantes eram inteligentes. É claro que a maior parte sofria de acne cística severa, era socialmente inepta e tinha ereções involuntárias em meio às aulas de cálculo avançado; mas eram todos desajustados populares, ou antibullies, se preferir. Quando comecei o ensino médio, eu era um gay enrustido manco que usava sapatos de cores diferentes. Em qualquer outro lugar, eu teria um alvo desenhado na testa, mas, na Foothill Tech, era apenas mais uma aberração. De fato, era mais que uma aberração. Eu era descolado. Ninguém ia se meter comigo. Durante meus quatro anos na Foothill Tech, houve apenas uma briga registrada em todo o campus, e foi por causa de um disquete.

Por mais estranho que pareça, os professores ali eram ainda mais esquisitos que os alunos. Minha professora de inglês, uma ex-fisiculturista da África do Sul, usava um uniforme de Star Trek na escola e insistia que a chamássemos de capitã Peterson. Ninguém nem questionava a bizarra exigência porque, na Foothill Tech, as individualidades eram respeitadas. Quando saí do armário no último ano do ensino médio, praticamente organizaram uma Festa de Paragays para mim. Não só havia um monte de aspirantes a Maria Purpurina fazendo fila pela honra de me ter como melhor amigo gay, como também me tornei popular entre os professores. Alguns meses depois de eu me assumir, a Srta. Walker, que não devia ter mais de 25 anos, me parou quando eu estava prestes a sair da sala e me pediu um conselho, hm, não muito profissional.

— Ei, Ryan — ela me chamou. — Pode esperar um segundo?

— Claro — respondi, presumindo que tinha me metido em alguma encrenca.

Quando todos os meus colegas deixaram a sala, a Srta. Walker sentou em cima de sua mesa.

— Ok, você é gay, certo? — perguntou ela.

— Hmm, sim...

— Ótimo! Então... meu ex-namorado deixou uma mensagem na minha caixa postal... Veja bem, não falo com ele há *anos*, e eu queria saber se você pode ouvir a mensagem e me dar sua opinião.

— Minha opinião sobre o que, Srta. Walker?

— Sobre o motivo de ele ter me procurado de novo!

— Isso vale, tipo, nota?

— Não, seu bobo! Só quero seu ponto de vista como, sabe, um cara gay.

— Ok...

Ela tocou o áudio, e a mensagem não poderia ser mais vaga e descompromissada. Assim que acabou, ela olhou para mim, exultante, esperando minha resposta.

— Não sei, ahn...

— Não parece que ele quer voltar?

Não parecia.

— Sim. Com certeza.

— Foi o que pensei! — A Srta. Walker revirou os olhos e soltou um suspiro de alívio. — Obrigada, querido. Você é o máximo. Agora pode ir para sua próxima aula.

Ao longo do ano, a Srta. Walker agiu como minha BFF, fofocando comigo depois da aula e me presenteando com um mix de CDs, um deles com uma foto dela na capa. Quando comecei a ficar para trás em sua matéria, menti e lhe disse que estava passando por um término terrível.

— FODA-SE ELE! — berrou ela. — Ele está cometendo um erro. Juro, Ryan, se você não fosse gay, eu já estaria apaixonada.

A Srta. Walker ilustra a principal diferença entre minha geração e a de meus pais. Se você saísse do armário nos anos 1970, se tornaria um pária, mas, nos anos 2000, seus professores celebram o fato de que você ama um pau. Uma escola como a Foothill Tech assinalava uma importante mudança nas correntes pedagógicas e na dinâmica da ordem social para a geração Millennial. Foi-se o tempo em que você era popular apenas porque praticava esportes e tinha um abdômen tanquinho ou transava. Hoje em dia, a popularidade é medida pelo quanto se é especial e esquisito.

Antes da Foothill High, minha deficiência tentava se apresentar e eu me esquivava com um *O quê? Hmm, não conheço você. Tchau!* Mas, quando estava no segundo ano, comecei a dar pequenos passos para aceitar minhas diferenças. Como parte de um requisito para a graduação, a Foothill Tech obrigou cada um de seus alunos a cumprir setenta e cinco horas de serviço comunitário. A maioria dos estudantes se voluntariou para espalhar a palavra de Jesus Cristo a incautos fregueses do In--N-Out Burger, mas decidi ser ousado e trabalhar em conjunto com a Associação de Portadores de Paralisia Cerebral de Los Angeles. Minhas obrigações incluíam passar tempo na casa de crianças com deficiência e ser acompanhante em ocasionais viagens de campo. Parecia tão relaxante e descontraído! Enquanto todos os meus amigos estariam ocupados limpando carcaças de baleia das praias, eu ia acumular créditos apenas me divertindo com mongoloides! (Posso dizer mongoloide porque sou um, certo? É como geralmente funciona, não? Pessoas reivindicando o poder da palavra ofensiva para uso próprio? Não?)

Mas logo me dei conta de que talvez eu tivesse cometido um erro em minha jornada para me tornar a

Madre Teresa gay. Minha primeira tarefa envolvia levar vinte crianças com paralisia cerebral até o porto, o que se transformou na porra de um desastre. Embora acompanhado por fisioterapeutas licenciados que estavam me ajudando a controlar os garotos, ainda tinha que observá-los como um falcão, porque, no segundo que lhes dava as costas, eles pareciam prontos a se jogar do maldito píer para um rápido mergulho. O dia inteiro se resumiu a uma corrida incessante de um lado para o outro enquanto eu tentava mantê-los vivos. Parecia o cego guiando outro cego ou, no caso, o menos retardado guiando os mais retardados.

Uma semana depois, fui levado até a casa de um garoto em Thousand Oaks, com a simples missão de passar tempo com ele e jogar *video game*. *Perfeito!*, pensei. *Sou ótimo em confraternizações*. A mãe dele, que parecia uma simpática dona de casa jovem e suburbana, me levou até o quarto do menino assim que cheguei.

— Dustin — ela o chamou. — Seu amigo está aqui para brincar com você.

Dustin nem se deu o trabalho de dar meia-volta e me cumprimentar, embora não possa culpá-lo. Há algo de particularmente humilhante em precisar de um voluntário para passar tempo com você. Sem me deixar intimidar, sentei ao seu lado no chão e perguntei o que estava jogando.

— Twisted Metal 2 — respondeu ele, inexpressivo. Sua fala era um pouco lenta e arrastada, de um jeito que mais tarde descobri ser parecido com a de alguém chapado de heroína.

Fiquei meia hora observando enquanto Dustin destruía carros em um campo, até que enfim ele interrompeu o jogo e tomou conhecimento da minha existência.

— Por que seu cabelo é azul? — perguntou.

De fato, uma boa pergunta. Por que meu cabelo *era* azul? Ah, certo... porque, quando conheci Dustin, ainda estava no armário, e a única maneira de expressar minha sexualidade era tingindo o cabelo de cores desastrosas. Mas eu não tinha noção disso na época, então apenas expliquei a ele que tinha pintado porque parecia divertido.

— Ah! — exclamou Dustin. — Você está na puberdade?

— Hmm, acho que... — meu pescoço enrijeceu — ah, meio que já passei por isso.

— Você tem namorada?

— Não.

— Tem muitos amigos?

— Sim, tenho.

— O que vocês fazem para se divertir?

— Só o normal, sabe. Vamos ao cinema e passamos tempo na casa uns dos outros. Nada de mais.

— Ah.

Uma expressão de constrangimento tomou conta do rosto de Dustin, me lembrando do quão diferente minha definição de "normal" era da sua.

— O que você faz para se divertir? — perguntei, já sabendo a resposta.

— Jogo *video game*.

— O que mais?

— Não sei. — Ele hesita. — Nada.

Em seguida, Dustin voltou ao jogo e me ignorou pelo restante do nosso encontro. Depois que saí da sua casa, nunca mais trabalhei com a APPCLA. Passar tempo com outras crianças que sofrem de paralisia cerebral devia ter me preenchido com uma sensação de pertencimento, mas, no fim, apenas fez eu me sentir ainda mais alienado. As pessoas que encontrei tinham problemas de fala, o que nos impedia de estabelecer qualquer diálogo significativo, então, na maior parte do tempo, eu apenas ficava sentado lá e, eventualmente, ajudava com pequenas tarefas domésticas ou me assegurava de que não acabassem eletrocutados. Eu queria ajudar aquelas crianças deficientes e oferecer minha amizade a elas, mas também queria que fossem *meus* amigos e *me* ajudassem. Quando não conseguiam fazer isso, eu ficava decepcionado e irritado, o que, por sua vez, fazia eu me sentir um babaca egoísta. Quem eu pensava que era para me irritar com uma criança por não ser capaz de manter uma conversa decente por causa de um dano cerebral severo?

Eu só queria encontrar um amigo que fosse como eu, alguém com quem pudesse me lamentar por babar em tudo e por ser terrível nos esportes; imaginava conversas mais ou menos assim: *Ei, não é péssimo quando você está caminhando e perde o equilíbrio sem razão alguma, então simplesmente cai? Ha ha, é horrível! Ou quando leva vinte minutos para descobrir como enfiar a chave na fechadura porque sua coordenação olho-mão é terrível? Odeio quando isso acontece!* Mas não conseguia encontrar aquele tipo de companheirismo e saía de cada experiência me sentindo ainda mais culpado e envergonhado da minha deficiência.

Pensei que podia me sentir próximo de alguém porque compartilhávamos algo em comum. À medida que crescemos, começamos a procurar coisas que nos definam, que nos digam quem somos, porque ainda não somos capazes de descobrir por nós mesmos. Algumas pessoas entram para uma organização religiosa, costuram as calças com fio dental ou fumam maconha, tudo em busca de uma conexão, então suponho que passar tempo com um garoto deficiente de Thousand Oaks na verdade não seja tão radical assim. Ainda assim, o que você faz quando não encontra aquela pessoa que o ajuda a se sentir menos diferente? No meu caso, bate em retirada. Depois da experiência frustrada com a APP-CLA, rapidamente voltei à minha carapaça de deficiente, certo de que ninguém jamais entenderia o que é ter um pé no universo da paralisia cerebral e outro nessa vida de "fisicamente apto". Continuei a usar meu trunfo de Especial com minha família, enquanto o deixava na manga quando estava na escola. Até aqui, fui ótimo em esconder minhas lamúrias. As pessoas só viam o que eu queria que vissem.

Faz mais de uma década que trabalhei com a APP-CLA e que venho tentando trancar minha deficiência no armário, e preciso confessar: manter os dois mundos separados é um trabalho de tempo integral. Chega uma hora na vida de qualquer pessoa em que é preciso parar de negar as coisas que a fazem diferente e começar a aceitar o que lhe foi dado; mesmo que o que você tenha recebido seja constrangedor, feio e faça com que fique propenso a babar involuntariamente nas pessoas. Então chega de mentiras, chega de besteira: é assim que tem sido para mim viver com paralisia cerebral em uma geração em que cada pessoa é tratada como ligeiramente especial, para começo de conversa.

Número um: as pessoas vão achar que sua lesão cerebral é pior do que realmente é. Minha orientadora educacional do ensino médio, por exemplo, me julgava um retardado mental profundo quando era, no máximo, um retardado leve. Sempre que ia conversar com ela, a mulher me tratava como se eu vivesse numa bolha.

— Queeeee booooom veeeeeer vocêêêêêêê, Ryan — cumprimentou ela, um dia. — Está se dando bem?

— Hmm, sim, tudo bem. Só preciso sair da turma de política avançada. Não pretendo fazer a prova, então é uma perda de tempo, sabe?

— Ok, ok, entendo o que está dizendo, mas me diga a verdade. Você não está conseguindo acompanhar as aulas? — Ela pousou a mão em meu braço, um gesto reconfortante, e me presenteou com um de seus olhares "Eu me importo".

— Não, não é isso. Tirei nota máxima no último teste surpresa. Para dizer a verdade, só odeio a professora. Ela passa um milhão de trabalhos para casa, e sinto como se não estivesse aprendendo nada.

— Ela não está atenta a suas necessidades? Ela sabe que você tem direito a tempo adicional nos testes, não sabe? — Muito embora a orientadora agisse de um jeito doce, eu só queria acertar um murro na cara dela. Ser tratado como um retardado só é vantajoso nos lugares em que você pode furar a fila, como aeroportos, departamento de trânsito ou Disneylândia. Em qualquer outro lugar, parecia apenas cruel.

— Não preciso de mais tempo para os testes. Nunca precisei. Só quero ser transferido para a turma normal de política.

— Vou falar com sua professora para me certificar de que ela está ciente da sua situação especial.

— Mas...

— Ryan, você chegou muito longe para se entregar agora. Mesmo com suas limitações, acredito que, com os devidos ajustes, você consiga se destacar em política avançada. Tenha um bom dia e volte para me visitar se ainda estiver sentindo alguma dificuldade, ok?

Simples assim. Fui enxotado de sua sala; meu pedido, negado. Eu não deveria ser dispensado de política avançada *por causa* da lesão cerebral? É como se minha orientadora tivesse abraçado minha causa e estivesse determinada a me salvar de minha própria incompetência. Eu podia imaginá-la chegando em casa, depois do trabalho, e conversando com o marido.

— Ah, meu Deus, tenho um aluno tão fofo com paralisia cerebral. Ele é meio lento para algumas coisas, mas não vou desistir dele, droga!

É um objetivo admirável, mas ela se esqueceu de verificar se alguém já havia desistido de mim em primeiro lugar.

Número dois: as pessoas vão achar que você está chapado, mesmo quando estiver caretamente sóbrio. Certa vez, encontrei um conhecido em uma festa, e conversamos descontraídos por alguns minutos antes de eu voltar para casa. Quando o vi de novo, ele me tratou de um modo estranho.

— Cara, você se lembra de me encontrar naquela festa, há um tempo?

— Claro que lembro — respondi, confuso. — Por que não lembraria?

— Porque você estava doidão — explicou, praticamente berrando. — Quando te vi, parecia que mal conseguia andar, cara!

Ops! Culpado! Sou manco. Seguranças de bar já chegaram a me olhar com desprezo e perguntar a meus amigos *Ele está bem?* antes de me deixarem entrar, insinuando que eu aparentava estar completamente fodido. No entanto, sete vezes e meia em cada dez, estou completamente sóbrio! Quando as pessoas me acusam de estar bêbado, me sinto tão humilhado que prefiro não contradizê-las.

— Cara, é verdade! — concordo, de um jeito tímido. — Perdi a linha naquela noite. Desculpe. Fiz algo muito inconveniente?

Número três: as pessoas vão presumir que você se envolveu em um terrível acidente. Aprendi isso quando decidi me fantasiar de pessoa acidentada no Halloween e caminhei pelo Santa Monica Boulevard vestindo apenas uma camisola de hospital. (Foi minha releitura de fantasia periguete de Halloween. A maioria das pessoas escolheria se vestir de Tarzan ou salva-vidas caso quisessem exibir o corpo, mas imaginei que, como eu já mancava, por que não mostrar a bunda em uma diáfana camisola de hospital e borrifar sangue falso no rosto?) Infelizmente, minha "fantasia" saiu pela culatra quando quatro motoristas pararam no acostamento e me perguntaram se eu precisava de carona até o hospital.

Número quatro: as pessoas vão fazer piada sobre paralisia cerebral sem nem perceberem que você, de fato, sofre da desordem. Isso aconteceu comigo em um bar gay, quem diria, e foi muito traumático. Eu estava flertando com um sujeito, e brincávamos de classificar as coisas, de modo arbitrário, em década de 1980, 1990 ou Millennial. (Por exemplo, frigobar era tão anos 1980, enquanto intolerância ao glúten, a cara do Millennial.) À primeira vista, tudo corria bem. Estávamos rindo e bebendo e trocando olhares do tipo "Vou foder você mais tarde e só me arrepender 22 por cento!" Mas, então, de repente, o cara diz:

— Ah, tenho uma ótima! Paralisia cerebral é tãããããão anos 1980!

Ha ha... espere, O QUÊ? As palavras *paralisia cerebral* acabaram de sair da boca desse garoto? Volte a fita! Ah, droga, ali está, agora em câmera lenta:

— Paaaaraaliiisiiiiia cereeeeebraaaal é tããããooo anos 1980.

Mas que caralho! Eu estava com um cara gracinha que muito provavelmente me levaria para cama em algum momento das próximas duas horas, e então ele faz uma piada sobre uma deficiência que nem ao menos nota que eu tenho. Fiquei tão atônito que apenas dei um sorriso amarelo e voltei ao jogo.

— Ah, sim. Que tal escoliose? Sempre achei bem anos 1990.

Se eu fosse uma alma corajosa, teria dito algo tipo:

Eu: Ei, babaca!
Broxante: Sim, querido?
Eu: Tenho paralisia cerebral e definitivamente posso dizer que não é anos 1980. É bem atual! Você não viu *Breaking Bad*?
Broxante: Hmm, não.
Eu: Bem, um dos personagens principais tem paralisia cerebral. Então, caso esteja se perguntando, minha deficiência está super na moda. Não é como se eu tivesse pólio ou coisa do gênero!
Broxante: Ok, querido.
Eu: E você provavelmente ia me ver pelado em algumas horas e ganhar um boquete bem decente! Mas agora não vai mais! Agora vai ter que voltar para casa sozinho e bater punheta. Então tchau!
Broxante: Tchau, querido!
Eu: Espera... ainda quer meu telefone?
Broxante: ...

Mas como não sou descolado nem equilibrado, tive que me contentar em tomar mais um drinque, constrangido, antes de fugir de táxi para casa, onde poderia assistir a episódios de *Breaking Bad* na Netflix e me sentir melhor sobre a situação. Fiquei puto. O sexo estava a meu alcance, mas uma piada sobre pessoas de miolo mole acabou me deixando com o pinto mole. O que é ainda mais doentio é que senti orgulho de tê-lo levado a crer que eu era saudável. Sempre que conheço um garoto bonito, uso certos truques para esconder meu claudicar. Em um bar é fácil, porque passo a maior parte do tempo sentado e, se precisar me levantar, posso simplesmente me apoiar em alguma coisa. E se realmente (suspiro!) chegarmos a caminhar até a frente do bar ou o pátio dos fundos, sempre ando um pouco atrás da pessoa, e assim evito que ela me veja mancando. Sou como um mágico deficiente, só que menos mágico e mais trágico.

Número cinco: as pessoas encaram. Muito. Mesmo quando eu vivia em Nova York — um lugar que tem orgulho de ignorar tanto celebridades quanto esfaqueados —, as pessoas olhavam duas vezes ao me verem mancando em sua direção. É ainda mais confuso quando um gay bonito faz isso. Às vezes meus amigos me avisam se tem algum cara me olhando, mas, na maior parte do tempo, acho que estão apenas checando minha corcunda. É uma terrível suposição, mas, quando se cresce com crianças pequenas observando você e, então, perguntando aos pais O QUE TEM DE ERRADO COM AQUELE GAROTO?, você se torna um pouco escaldado. É por isso que jamais tenho certeza se um cara está mesmo interessado em mim até que eu sinta, de fato, seu pau na minha bunda. E, ainda assim, mando um *Sério? Tem certeza? Ainda dá tempo de desistir!*

Gosto de pensar que tenho uma autoestima saudável quando o assunto é minha aparência. Vejo meu reflexo no espelho e penso *Você é bonito, engraçado e inteligente. Posso entender por que as pessoas querem te dar amor e a genitália delas.* Mas, quando se trata de conquistar alguém ou me preparar para o sexo, fico admirado que meus sentimentos sejam correspondidos. *Essa pessoa saudável e sexy está disposta a fazer sexo com um deficiente? Uau! Que pessoa ótima. Não sei o que eu faria se estivesse no lugar dela!* Não devia me sentir tão honrado sempre que alguém quer dormir comigo... e nem sempre me sinto assim. Às vezes, definitivamente me sinto como se fosse eu quem estivesse fazendo um favor à pessoa, mas, com frequência, me sinto o sortudo. Simplesmente não consigo entender por que alguém me escolheria quando pode ficar com um indivíduo capaz de fazer sexo à la Cirque du Soleil e andar de bicicleta e escalar escadas para divertidas festas no telhado e ficar de pernas para o ar por longos períodos de tempo.

Número seis: algumas pessoas pensam que você sente muita dor. Uma das coisas que mais me irrita é quando caio em público — o que acontece bastante — e as pessoas agem como se testemunhassem o assassinato de John F. Kennedy. Estranhos me rodeiam e perguntam, preocupados, *Você está bem? Ah, meu Deus, consegue sentir suas pernas?* Quando me levanto e digo que estou bem, eles percebem meu coxear e entram em pânico. *Meu Deus, você está mancando! Precisamos levar você ao hospital!* Então tenho que explicar que sempre andei desse jeito, o que resulta em um aborrecimento ainda maior. Um deficiente caiu? Não pode ser! No fim de todo o fiasco, sou eu quem *os* consola.

Às vezes me pergunto se teriam me deixado em paz caso houvesse nascido com paralisia cerebral na era dos *baby boomers*. Não haveria orientador educacional me tratando como uma criança de cinco anos, ninguém me parando no acostamento para perguntar se preciso de uma carona até o hospital, nada de pais acompanhando cada passo meu. Pouco antes de deixar minha pequena cidade litorânea rumo à universidade, em São Francisco, presumi que seria a chance de recomeçar e me tornar alguém menos delimitado por minha deficiência. Eu comecei de novo, sem dúvida. Mas não como esperava.

SER ATROPELADO POR UM CARRO
*(E outras coisas maravilhosas que acontecem
às vezes, se você tiver muita sorte!)*

EXISTE PIOR momento para pertencer à espécie humana do que quando se é calouro na universidade? A transformação pessoal é avassaladora. Você deixa sua cidade natal maduro e pronto para agarrar sua independência com unhas e dentes, mas, então, no segundo que coloca os pés no campus, regride a um pesadelo de chopadas. Lá se vão quaisquer planos de assistir às aulas das 8h e frequentar o grupo de estudos feminista. Você só pensa em se divertir, pegar pessoas que odeia e vomitar.

A universidade tem a ver com descobrir a si mesmo, e, para isso, você precisa se tornar muitas pessoas que não é. Tem a ver com reinvenção. Como está longe de tudo e todos que conhece, é a oportunidade perfeita para você se tornar a pessoa que não pôde ser no ensino médio. Você não está mais satisfazendo as expectativas alheias. Tem a liberdade de ser a porra que quiser.

Depois que me formei na escola secundária Futuros Millennials #Abençoados da América, entrei para a Universidade Estadual de São Francisco, onde rapidamente descobri que não fazia a mais pálida ideia de como viver sem a orientação dos meus pais. Aos 18 anos, ainda não sabia lavar ou cozinhar ou fazer faxina. Estava tão desesperado por ajuda que comecei a trocar maconha pelos serviços de limpeza de uma garota. No entanto, por mais assustador que fosse me virar sozinho, estava ansioso para recomeçar. Eu não conhecia sequer uma pessoa na faculdade, mas encarei aquilo como uma incrível oportunidade de me tornar algo além do gay manco que eu era em Ventura. Infelizmente, a mudança geográfica pouco contribuiu para mudar minhas circunstâncias. Na universidade, as pessoas ainda me olhavam como se pensassem *Ui, lá vai aquele gay afetado que anda como um velho de noventa anos!* Enquanto isso, todos ao meu redor ganhavam novas cores. A primeira amiga que fiz, Stephanie, chegou à universidade pura, só sorrisos, e com uma tolerância alcoólica de duas garrafas de Ice. Então, alguns meses depois, cheirou sua primeira carreira de cocaína, amou e pirou. Reinvenção nem sempre é sinônimo de amadurecimento. Às vezes é apenas sobre desistir e se tornar a pior versão de si mesmo.

Quando Stephanie mergulhou fundo na onda da cocaína, procurei por um novo amigo e tropecei em um mini-Patrick Bateman gay chamado Evan. Num primeiro momento, ele tentou me ignorar, porque eu estava calçando botas de cowboy horrorosas e exibia pasta de dentes seca ao redor da boca. Então, como um bom Millennial, ele foi para casa, me stalkeou nas redes sociais, descobriu que tínhamos amigos em comum e decidiu que eu era descolado o bastante para que me dirigisse a palavra.

— Oi, Ryan — ele me cumprimentou um dia, quando estava a caminho do refeitório. Em seguida, tentou um abraço.

— Ahn, oi, Evan...

— Então... Acabei de checar seu Facebook e vi que você é, tipo, muito amigo do Wyatt.

— Sim. Estudamos juntos no ensino médio. De onde vocês se conhecem?

— Ele é muito amigo de um cara que estou meio que pegando em Nova York. Wyatt é bem legal. Fomos juntos ao Misshapes.

Misshapes era uma casa noturna famosa em Nova York, frequentada por sociopatas com distúrbios alimentares. Fui lá uma vez, mas logo saí, porque me senti como uma triste versão hipster de Kirstie Alley.

— Legal. Eu adoro a Misshapes.

— A gente devia sair qualquer dia desses.

— Com certeza. Vou adorar. Me liga.

Depois desse dia, Evan e eu nos tornamos inseparáveis; entrávamos furtivamente em bares, fofocávamos e maratonávamos reality shows podres na TV. Não sei por que me sentia tão honrado de estar em sua presença. Eu nem mesmo gostava do Evan. Ele emanava uma aura de PESSOA RUIM QUE VAI ARRUINAR SUA VIDA, mas eu ignorava isso porque vivia desesperado por qualquer tipo de intimidade. Como de costume, Evan se revelou um completo babaca depois de nos tornarmos amigos. Começou a me jogar para baixo, fazendo comentários disparatados sobre minha aparência, e a tentar controlar minha vida social. Era como um namorado emocionalmente abusivo, mas sem a parte do sexo selvagem.

Onde você está?, Evan me mandou por mensagem de texto certa noite. Gotas de suor brotaram em minha testa porque eu estava em um restaurante que ele odiava, com pessoas de que não gostava. Cogitei mentir e, assim, escapar de sua ironia, coisa que eu realmente fazia às vezes, mas decidi tomar coragem e dizer a verdade.

No Parque Chow, com Caitlin, escrevi em resposta.

Credo. Que mico.

Vamos nos encontrar mais tarde?, escrevi freneticamente, na esperança de aplacar sua irritação.

Nenhuma resposta. Depois de enviar mais algumas mensagens desesperadas com variações de *Desculpa! Já estou acabando. Vamos nos ver, por favor!*, ele respondeu com um *Acho que sim. Vem pra cá.* Engoli o jantar, me despedi da minha amiga e corri até seu apartamento, onde passei as horas seguintes sendo ridicularizado por sair com pessoas patéticas. Às vezes, em um bizarro ato de agressão gay reprimida, nos engalfinhávamos. Então eu voltava para casa, e retomávamos o padrão no dia seguinte.

A maioria de nós já vivenciou uma amizade tóxica. Todos nós já nos envolvemos com aquela pessoa, no ensino médio ou faculdade, que tomava as rédeas das nossas inseguranças e as cavalgava a galope. Era quase um vício. A pessoa o derrubava e, em vez de tentar se levantar, você continuava no chão, implorando por mais um chute. É o que acontece quando você ainda não sabe quem é: você deixa outra pessoa decidir.

Evan e eu fomos "BFF" por dois sórdidos anos. Eventualmente consegui reunir coragem para jogá-lo para escanteio... mas não antes de um acontecimento que restaurou a maior parte da minha autoconfiança e que permitiu minha reinvenção. Não construí minha nova identidade mudando meu estilo, ou com ajuda das drogas, ou mergulhando em relacionamentos intensos, como parecia ser comum na faculdade. Foi ainda mais fácil. Tudo o que precisei fazer foi ser atropelado por um carro.

Uma das desvantagens de se ter paralisia cerebral é que, às vezes, seu cérebro resolve tirar uma soneca e foder você para sempre. Quando as pessoas me perguntam por que decidi correr contra o fluxo de carros no dia 9 de maio de 2007, não tenho outra resposta exceto *Ops. Foi mal. Sou retardado.* Às vezes meu cérebro buga e perco a capacidade de tomar decisões acertadas. Foi o que aconteceu quando, na semana de provas do meu ano de calouro, corri em direção aos carros para tentar pegar um ônibus de volta à Universidade de São Francisco.

Eu me lembro de alguns detalhes do acidente, como o som de pneus guinchando e minha visão escurecendo. Recobrei a consciência com uma senhora debruçada sobre mim, me perguntando se eu estava bem. Respondi que sim, tentando me levantar, e logo caí de novo. Uma ambulância chegou, e me esforcei para explicar aos paramédicos que aquilo não podia estar acontecendo comigo. Eu precisava voltar à universidade para fazer a prova final de Colorismo Queer. (Sim, isso é uma disciplina de verdade.)

— Fique quieto — repreendeu um paramédico. — Vai acabar se machucando ainda mais se continuar se mexendo.

Sempre parti do pressuposto de que coisas ruins não aconteciam a gays com paralisia cerebral, mas, poucos minutos após chegar ao pronto-socorro, minha condição se deteriorou quando perdi os movimentos e a sensibilidade na mão esquerda. Em um segundo eu gesticulava na maca, no seguinte estava completamente congelado.

— É apenas uma contusão nervosa — assegurou um dos médicos. — Você vai recuperar os movimentos e a sensibilidade em alguns dias.

Depois de dois dias e de uma série de diagnósticos equivocados, descobriram que eu tinha síndrome compartimental, uma condição raríssima que pode se desenvolver depois que o corpo sofre um trauma restrito a um grupo específico de músculos. Quando aquele carro acertou meu cotovelo a setenta quilômetros por hora, gerou uma pressão em meu antebraço que impediu a oxigenação dos meus músculos. As consequências abarcavam um zilhão de coisas, inclusive amputação, mas para mim significou uma permanente e significativa perda de movimento na mão esquerda. Nos oito anos seguintes ao acidente, eu me submeti a seis cirurgias e precisei de um enxerto cutâneo. Não consigo escrever, amarrar os sapatos ou bater uma punheta com elegância (embora, para ser franco, não sei se jamais o fiz). Basicamente, sou apenas um pouco mais deficiente do que já era. E, apesar de nunca ter sido inteiramente saudável — nunca havia caminhado sem mancar, nunca fora flexível —, minha situação antes do acidente parecia administrável porque jamais tinha conhecido outra realidade. Agora, entretanto, era diferente. Parecia que o mundo estava roubando de alguém que já não possuía muito, para começo de conversa.

Ao deixar o hospital, me mudei para Los Angeles e tranquei os estudos por um semestre para me recuperar. Desconfiado de que eu pudesse cair em depressão, meu pai me enviou a um psicólogo gay.

— Ele vai ter mais empatia — explicou meu pai, enquanto me dava uma carona até minha primeira sessão. — Porque, você sabe, ele também gosta de garotos.

Cheguei ao consultório do psicólogo — na esquina da Anéis Penianos com a Poppers, em West Hollywood — sem saber o que esperar, mas fiquei intrigado quando vi a foto sexy e glamourosa do meu terapeuta na sala de espera. *Que estranho*, pensei. *É normal terapeutas sensualizarem nessas fotos?* Dando de ombros, entrei no consultório e avistei o homem que me traria à catarse.

Puta merda. Não, não, não. Não pode estar certo. Meu psicólogo, Adam, era deslumbrante. Ele tinha olhos azuis penetrantes e um corte de cabelo moderno e vestia um desses ternos sofisticados que deveriam ser conservadores, só que não eram, porque, na realidade, eram um número menor e deliberadamente delineavam sua espetacular forma física. Meu pênis fazia polichinelos à mera visão daquele homem, e por isso eu soube logo que aquilo não ia funcionar. Jamais conseguiria me abrir e chorar feio na frente de alguém tão bonito. Em vez disso, ia apelar para o drama e rezar para que, um dia, ele sentisse pena de mim, me jogasse no sofá e apertasse meus parafusos soltos com sua enorme chave de fenda.

— Oi, Ryan. — Adam apertou minha mão e gesticulou para que eu me sentasse. — O que traz você aqui?

— Hmm, nada de mais — gaguejei, subitamente constrangido, afastando o cabelo do rosto.

— Nada de mais? — Adam me lançou um olhar confuso antes de consultar minha ficha. — Seu pai me disse que você foi atropelado por um carro há um mês.

— Ah, sim! — Eu ri, nervoso. — Isso. Acho que as coisas têm estado um bocado tensas.

— Está se sentindo deprimido? Você vem passando por um período de profunda mudança, então imagino que esteja se sentindo pressionado e aflito no momento.

— Talvez? Puxa, não sei. Mas me fale sobre você! Há quanto tempo trabalha como terapeuta?

Adam hesitou e me encarou.

— Como você está, Ryan? Pode me contar. É para isso que estamos aqui.

Eu me revirei em sua cadeira de couro de dez mil dólares e deixei escapar a primeira coisa que me veio à mente.

— Bem, ok. Se quer mesmo saber, tenho certeza de que ninguém nunca mais vai querer transar comigo.

— E por quê?

— Porque tenho paralisia cerebral e agora só uma das mãos. Trepar comigo seria como fazer sexo com uma garra de lagosta agitada.

Adam sorriu. Ele tinha dentes ótimos.

— Ryan, já posso dizer que você é um indivíduo atraente e brilhante. Garanto que vai encontrar alguém.

— Sério? Você me acha atraente?

— Claro.

— E acha que alguém vai mesmo querer me ver pelado depois de toda essa confusão?

— Por que não?

— Uau, ótimo! — Fiquei exultante antes de retomar a seriedade. — Então conhece alguém específico que gostaria de dormir comigo? Tipo, você tem alguém em mente, ou só está falando de um modo geral?

— Hmm, em geral, Ryan.

— Ah. — Afundei de volta na cadeira. Fantasias de nós dois segurando nosso bebê adotado, Fedelho Azul, em um safári na África foram para o espaço.

— Então, além de não se sentir desejável, tem mais alguma coisa incomodando você depois do acidente?

— Hmm. — Hesitei. *Não lhe dê a satisfação de ver você fraquejar, Ryan. Se controle. O objetivo é fazê-lo gostar de você.* — Não. Acho que é basicamente isso.

Depois de nossa anticlimática primeira sessão a dois (e de um incrível clímax solitário em meu chuveiro, uma hora mais tarde), prometi a mim mesmo que ia largar Adam e procurar um terapeuta que, de fato, pudesse me ajudar a peneirar o joio em meu cérebro. Mas jamais levei a ideia adiante. Passar tempo com ele era como vislumbrar um arco-íris dançante e seminu em um céu sem graça. Adam era como um michê, mas, em vez de pagar para que me fodesse, eu lhe dava dinheiro para me cobrir de elogios e me passar garrafas de água Fiji. Se o plano de saúde não tivesse parado de me reembolsar, eu com certeza teria continuado com as sessões indefinidamente.

A vida em LA estava longe da jornada de cura Namastê que eu tinha imaginado. Agora que minhas sessões semanais com Adam haviam terminado, não tinha o que fazer. Então eu passava os dias comendo. Muito. Quatro vezes por semana, eu comia em um Chipotle na vizinhança. Depois de devorar um burrito gigantesco, caminhava até um lugar chamado Sprinkles e pedia quatro cupcakes, dois dos quais engolia em um estacionamento da FedEx, na esquina da Elm com a Wilshire. Além de tratar meu corpo como uma lixeira de carboidratos e apagar 461 dias de minha expectativa de vida, também consegui uma colega de quarto, Emma. Nós tínhamos nos conhecido em uma festa, um ano antes, e imediatamente sentimos uma conexão, graças ao amor mútuo pela astrologia e pelos pugs. Quando me mudei para LA, Emma sugeriu que alugássemos um apartamento juntos, e pensei *Por que não? Essa garota é engraçada, atrevida, fabulosa! Quero dizer, só nos encontramos pessoalmente uma vez, mas tenho certeza de que ela é totalmente incrível!* Com uma semana de convivência, eu me dei conta de que havia cometido um grave erro de julgamento.

— Ei, amigo — berrou ela um dia, enquanto entrava em nosso apartamento com uma sacola de ginástica de quatrocentos dólares e suas calças de ioga prediletas, da Lululemon. — Você não vai acreditar no quanto acabei de pagar por um mocha gelado no Urth Caffé!

— Quanto? — perguntei, com o mínimo entusiasmo necessário.

— QUINZE DÓLARES! — exclamou ela. — Acredita?

— Não, não acredito. Nenhum mocha gelado custa quinze dólares. Na verdade, é impossível.

— Estou falando sério. Custou mesmo quinze dólares. Os preços lá são exorbitantes!

Ela tem razão. Os preços no Urth Caffé são mesmo exorbitantes, mas, ainda assim, não existe essa coisa de um mocha de quinze dólares. Fiquei ofendido com sua mentira deslavada. Ela nem ao menos tentou se manter fiel à realidade.

— Não acredito em você. Não tem como.

— Ryan, por que eu ia mentir?

Enfim uma pergunta cuja resposta eu ia amar descobrir. Emma não fazia outra coisa *que não* mentir. Já me disse que era uma tenista ranqueada, que costumava ser uma stripper na Scores, que tinha um amante velho e rico que a enchia de dinheiro, mesmo sem qualquer chance de algo remotamente sexual acontecer entre os dois, que Kat Von D a tatuou em uma festa, que estava treinando para Wimbledon. Uma doida de pedra, mas suas excentricidades eram uma agradável distração dos patéticos acontecimentos de minha vida. Sempre que duvidava de minha sanidade mental, recorria a Emma e seus delírios sobre mochas gelados de quinze dólares e de imediato me sentia completamente centrado.

Eu precisava de todos os incentivos que pudesse obter. Somar outra deficiência à que eu já possuía havia me desestabilizado e desviado minha autoestima de *Às vezes gosto de mim às terças e quintas!* para *Sou um monstro cujo pênis pode muito bem ser doado para a caridade.*

Todos os meus amigos de São Francisco estavam ocupados juntando os trapinhos e embarcando em relacionamentos sérios. Viviam em constante evolução, e, embora o acidente também tenha me dado uma chance de recomeçar, eu encarava minha estreia como um final permanente.

O único modo de se recuperar de um evento traumático é confessar a si mesmo e aos demais que você se sente miserável. As pessoas costumam se obrigar a dizer que estão ótimas, mesmo que estejam nadando no fundo do poço. Para superar qualquer coisa, você precisa admitir sua própria derrota. Precisa escrever ESTA DEPRESSÃO É DE PROPRIEDADE DE:

[insira aqui seu nome]. De outra forma, ela vai colar em você para sempre.

Menti para meus amigos a respeito de meus sentimentos e dormi um bocado; meus olhos pareciam costurados com a linha da depressão. Quando botei os pés para fora do apartamento, chorei em público. Provei cada prato do buffet da tristeza e ainda entrei na fila para repetir. Durante minha recuperação, tive tempo de sobra para ponderar sobre questões difíceis, nas quais ninguém gosta de pensar, como: O que as pessoas realmente querem da vida? O que as conforta depois que a beleza fenece e assistem à morte de entes queridos e se sentem traídas? Antes de chegar aos 29 anos, é difícil se ver como alguém no controle da própria vida. É quase como se seu corpo fosse um empréstimo, algo dado a você para barbarizar. Esses hematomas não lhe pertencem. Esse excesso de peso não lhe pertence. Nada disso é real. Você pode ajeitar as coisas em um piscar de olhos. Pode reverter o dano com uma noite de sono. Pode tratar as pessoas como lixo e supor que ainda estarão ao seu lado pela manhã.

Ser atropelado por um carro me deu o primeiro gostinho das coisas que realmente importam; fez eu me dar conta do quanto queria melhorar e viver uma vida funcional e completa, e assim amar alguém e ser correspondido. E passar tempo com os amigos e minha família, e trabalhar em algo que me desse orgulho, e ter um cachorro, e dormir em lençóis macios, e ir ao cinema sozinho, e tentar usar um anel peniano, e assistir ao casamento do meu melhor amigo. Estava começando a entender que a vida não me deve nada e que é bem possível se autossabotar se não prestar atenção.

    É óbvio que todos esses momentos de lucidez foram breves — ainda tinha muitos anos como um fodido pela frente —, mas carregavam bastante intensidade para me despertar de meu transe pós-acidente. Enquanto vivia em LA, eu me candidatei (e fui aceito) à Eugene Lang, uma faculdade em Nova York, no estilo da NYU, mas com uma mensalidade mais barata e mais flanela e mais cocaína. Fiquei apavorado de começar uma nova vida com uma das mãos permanentemente fechada para balanço, mas, na realidade, me mudar para Nova York acabou sendo o passo que eu precisava dar para perceber que meu acidente havia sido, de fato, uma bênção disfarçada.

Na Lang, eu me formei em escrita criativa, até porque tudo o que sabia fazer era nutrir sentimentos. Você já teve o privilégio único de assistir a uma oficina de escrita em uma faculdade de artes? Se não, deixe-me explicar como funciona. Vinte alunos, sentados em uma sala, ejaculam por uma hora e meia sobre si mesmos. Então, no fim da aula, um professor entrega a cada um uma toalha para que possam limpar a porra.

    Ok, não é o que acontece de verdade. Os estudantes leem em voz alta suas histórias, geralmente sobre festas no Brooklyn ou genocídio, e então vem a carnoficina; ou seja, seus pares dilaceram o texto à guisa de lhe apresentar críticas construtivas. O autor vai ficar na defensiva e, às vezes, chorar e gritar, assegurando a todos que entendemos mal sua visão, e a aula chega ao fim.

Em geral, as garotas das oficinas de escrita criativa têm nomes esquisitos, como Sandstorm e Aura, e os caras são gays. E se, por alguma estranha razão, forem hétero, veneram Charles Bukowski, são alcoólatras funcionais e vão dormir com metade das garotas da turma antes do fim do semestre. Meu tipo favorito de pessoa em um seminário de escrita é a garota tímida num canto, que não diz uma palavra até que chega o momento de recitar seu texto. Então a merda bate em cheio no ventilador.

— A-ham. — Ela vai pigarrear, limpando a garganta. Todos a encaram, porque jamais a ouviram falar.

— Essa história é sobre uma garota chamada Oxtail, e é sobre estupro. Porque fui estuprada e molestada.

O queixo de todo mundo cai. Ela começa a ler.

— Lamba minha xota, seu babaca. Eu estava na floresta e era noite, mas você me encontrou e apalpou meus peitos e eu chupei seu pau e juntos fodemos ao luar. E então você me ofereceu heroína e eu disse sim. Então nos drogamos. Ah, sim. Estou chapada de heroína. Sinta minha xota. Penetre minha xota. Caralho. Isso é gostoso. Não, espere. É terrível. Que porra é essa? VOCÊ É MEU PAI?

Quando termina a leitura, toda a turma está em silêncio. A garota ergue o olhar e, simples assim, volta à quietude habitual.

— Hmm, obrigada — ela vai sussurrar antes de cobrir o rosto com o capuz do casaco. Enquanto isso, todos se esforçam para compreender como algo tão sombrio pode ter saído de alguém calçando tênis.

Na faculdade, você testemunha conflitos de identidade o tempo todo. Uma metade da pessoa é quem ela sempre havia sido, a outra metade é quem ela busca, com afinco, se tornar. É exaustivo. Os jovens da faculdade não estão cansados porque passam noites em claro, estudando ou festejando. Estão cansados porque não fazem a menor ideia de quem são.

Quando cheguei à Lang, estava prestes a abandonar minha busca para me tornar outra pessoa e ser honesto sobre quem eu era, com direito a paralisia cerebral, síndrome compartimental... e tudo o mais. Então fui a uma festa e percebi que não precisava.

— Não quero ser rude, mas... o que houve com você? — perguntou uma garota bêbada, pouco depois de eu me mudar para Nova York. Ao fundo, o pessoal dançava ao som de Jay-Z e discutia acaloradamente sobre privilégio branco.

— Fui atropelado por um carro — expliquei a ela, tomando um gole de quentão de um copo vermelho.

Ela arregalou os olhos e cobriu a boca, em choque.

— AI, MEU DEUS. ME DESCULPE. COMO ISSO ACONTECEU?

— Corri de encontro ao tráfego.

A garota franziu o nariz e bufou. De repente, deixou de ser tão compreensiva.

— Por que diabos você fez isso?

— Não tenho certeza... — Hesitei. Aquela era a história que eu teria que contar pelo resto da vida, então era melhor pensar em um roteiro bem rápido.

— Ok. — Ela fez uma pausa, esperando que eu elaborasse. Quando eu não disse mais nada, ela continuou: — Então, sério, o que aconteceu de verdade?

— Eu desenvolvi esse lance chamado síndrome compartimental que, hmm, bem, basicamente fodeu minha mão para sempre.

— Espera aí... sua mão? Eu nem tinha reparado.

Por um segundo, fiquei confuso. Como assim ela não tinha reparado em minha mão? O que mais havia para se reparar além de... Ah, certo. Aquele outro pequeno detalhe.

— Também esmagou a lateral de seu corpo ou...?

Pensei no assunto por um instante. Tecnicamente, o carro acertou meu lado direito. Tenho até uma pequena cicatriz na bunda para provar. Se eu respondesse que sim, na realidade não estaria mentindo. Apenas omitindo a história completa.

— Hmm, sim. Foi exatamente o que aconteceu. — Suspirei. — É a razão para eu mancar. É a razão para tudo — fiz um gesto englobando meu corpo inteiro — isso.

Com aquela mentira, eu me reinventei. Não era mais Ryan, o cara com paralisia cerebral. E sim Ryan, a vítima de um acidente.

Depois daquela noite, nunca mais citei minha paralisia cerebral a ninguém. Creditei tudo na conta do acidente e investi na oportunidade de viver livre da sombra da deficiência. Alguém pode me culpar pela edição criativa? Pela primeira vez na vida, eu tinha desenvolvido um pouco de autoconfiança. Pouco depois de contar minha pequena mentira à menina bêbada, fiquei com o primeiro garoto em dois anos. Ryan, vítima de paralisia cerebral, não era digno de uma trepada, mas Ryan, vítima de acidente, sim. Eu abordava os caras fofos, mesmo mancando, e começava a conversar. Se me interessasse por alguém, não hesitava em agarrar seu rosto no corredor de meu prédio e começar a beijá-lo. Tinha oficialmente jogado minha deficiência na lata de lixo da Third Avenue e a trocado por amassos clandestinos, sexo obscuro e culhões à la Cisco Adler. Quando você tem 21, 22 ou 23 anos, não para de emanar vibrações sexuais, e não importa se você não é a coisa mais sensual do mundo. Você é jovem, está no ponto e merece ser colhido. Aquela ousadia já havia contagiado todos os meus amigos, mas eu ainda não a tinha vivenciado. Agora eu queria todos os pênis, todo o amor, todas as experiências nascidas de uma autoestima saudável.

Essa autoconfiança continuou a me acompanhar ao longo da faculdade, mas, aos poucos, fui voltando a ser a pessoa insegura que sempre fui. Por mais maravilhoso que fosse varrer minha deficiência para debaixo do tapete, era apenas um Band-Aid para quem precisava de pontos. Mentiras podem alavancar sua autoconfiança, podem fazê-lo ser aceito por um grupo de amigos e conseguir uma transa, mas nada, exceto a verdade, sobrevive.

Quando me lembro da faculdade, penso em pessoas como Emma, que queria me convencer de sua suposta carreira como tenista profissional; e penso em

Evan, que estava tão empenhado em ser hypado que se esqueceu de como ser uma pessoa decente; e penso em Stephanie, que se converteu de acadêmica a drogada em seis meses. Mas, acima de tudo, penso em mim... renegando minha deficiência em busca de uma vida mais feliz. Não posso evitar me sentir triste por nós. Tínhamos a impressão de que a reinvenção nos transformaria em algo melhor, mas apenas nos tornou mais miseráveis e confusos. Você pode experimentar diferentes personalidades como quem troca de roupa, mas garanto que o traje original vai ser sempre o que veste melhor.

Quanto mais me distancio de meu tempo de faculdade, mais me dou conta de que aquilo parecia um acampamento de verão de quatro anos, em que sua única tarefa é ler Judith Butler e sentir as emoções. Achei que era real, mas, na verdade, era apenas um mundo de sonhos extremamente caro. E você sabe o que também é uma tosca imitação da vida real? Um mundo adulto diet, cuja função é nos dar a impressão de que vamos chegar a algum lugar: o estágio.

O DIABO VESTE VAREJO

Definição Oficial de Estágio (segundo o dicionário)
substantivo masculino
Período de prática em posto, serviço ou empresa para que um profissional se habilite a exercer bem sua profissão.

Minha Definição de Estágio
Período de tempo pelo qual uma pessoa na casa dos vinte anos trabalha gratuitamente, sem nenhuma garantia de contratação. As tarefas incluem ser escravo de alguém que é apenas um ano mais velho que você e buscar café, barrinhas de cereal e o eventual Valium. Saber como operar a máquina de xerox e organizar grandes pilhas de papel enquanto passa a impressão de que está realizando um sonho!

MEU PRIMEIRO contato com o conceito de estágio foi ao assistir *The Hills* — um reality show transformador, que acompanhava a vida da bela e rica Lauren Conrad após se formar no ensino médio e deixar os grãos de areia e de cocaína de Laguna Beach rumo a Los Angeles para trabalhar em um estágio de prestígio na *Teen Vogue*. Quando Lauren soube que tinha conquistado a vaga, ficou tão empolgada que qualquer um pensaria que havia sido contratada. Ia ser incrível! Sua vida jamais seria a mesma! Saia da frente, Diane von Furstenberg. LC está colocando uma de suas tiaras moderninhas e assumindo o controle!

Quando Lauren chegou à redação da *Teen Vogue*, os funcionários a brifaram como se estivesse prestes a encontrar o papa, mas, na verdade, ela ia apenas conhecer Lisa Love, a editora-chefe da Costa Oeste. Em uma cena verdadeiramente bizarra, chegaram a remodelar seu look para que parecesse mais sofisticado e apropriado à *Teen Vogue*. Todo esse esforço foi em vão, já que Lauren não fez porra nenhuma na revista. Só ficou sentada em uma sala que parecia um estúdio, fofocando sobre garotos com a também estagiária Whitney "Diga Não às Emoções" Port. De vez em quando, Lisa Love lhe pedia algo urgente, como voar para Nova York para entregar um vestido. Mas, fora isso, a coisa toda parecia um sonífero fabricado. No fim da série, Lauren tinha evoluído e começado a vender os próprios vestidos de festa e a desenhar uma linha da Kohl, enquanto fingia ainda batalhar como estagiária na TV. Era tão rude! É pura hipocrisia querer que os telespectadores acreditem que seu emprego é buscar café quando na verdade você está vendendo um vestido de trezentos dólares chamado Audrina.

Muito embora a experiência de Lauren Conrad tenha sido uma farsa, fiquei encantado com a perspectiva de me tornar um estagiário. No fim dos anos 2000, estagiar havia se transformado em uma cultura elitista própria, graças a filmes como *O Diabo Veste Prada*, que glamourizava o trabalho para uma chefe sádica em troca de um salário inexistente. Universitários em toda parte estavam ansiosos para serem abusados por uma vaca déspota vestida em Isabel Marant, porque fazia com que nos sentíssemos realizados e nos induzia a pensar que, depois de engolir sapos o verão inteiro, garantiríamos um emprego.

O que se provou uma mentira absurda. Apesar da ocasional exceção, na essência, estágios são uma forma de patrões assegurarem mão de obra gratuita — especialmente nas indústrias em crise nas quais eu estava interessado, como editoras. Se você decidir estagiar (e vamos ser honestos: não há outra opção), deve se livrar de qualquer expectativa. Apenas tente reunir o máximo de experiência, fazer contato com um de seus empregadores para poder usá-lo como futura referência e caia fora. Você está ali só para engordar o currículo enquanto confia/reza para que outra companhia, com um orçamento maior, se interesse o bastante para lhe dar o primeiro emprego.

No verão depois do meu acidente, consegui meu primeiro estágio em um website chamado *Popsense*, um pequeno blog de cultura pop administrado por dois calouros da NYU, ambos com vinte anos. Eu era mais velho que meus chefes — uma realidade não incomum nos blogs —, mas não me importava. Estava tão desesperado para bombar meu currículo anoréxico que teria limpado o cocô do cachorro da Suri Cruise. A Eugene Lang dava tanta importância aos estágios que eu temia já estar na lanterninha daquela corrida. Eu me sentia tão inferior quando comparado aos veteranos que se exibiam com todos os seus estágios em sala de aula... *Sim, então, comecei aos 16 anos na* Harper's, *depois descolei um trampo na* McSweeney's *e agora estou na* Vogue. *Então, estou, tipo, no caminho certo agora.* Porra, quando eu era calouro, estava assistindo a *A Sete Palmos* em meu dormitório, a cabeça coberta, fingindo ser viciado em cocaína. Uma vez, em uma festa em Los Angeles, encontrei uma estagiária que tinha 14 anos. Queria dizer a ela *Querida, vá para casa, esprema os cravos no espelho e ligue para algum garoto. Você ainda não precisa disso.*

Mas talvez ela precisasse! A recessão bateu forte quando eu estava no terceiro ano da faculdade, e todos nos esforçamos para conseguir qualquer experiência de trabalho antes da formatura. Como boa parte de meus colegas era rica, eles podiam arcar com um trabalho sem remuneração por seis meses. Os estágios foram idealizados para pessoas assim. A maioria recompensava os ricos e penalizava aqueles que não podiam se dar o luxo de labutar vinte e cinco horas por semana de graça enquanto estudavam em período integral. Para trabalhar sem ganhar dinheiro, você precisa ter dinheiro em primeiro lugar.

O que me leva à minha letra escarlate: *n*, de negligência! Quando nasci um troncho em vez de uma saudável princesa, meus pais processaram o obstetra e me garantiram uma indenização a ser depositada quando eu fizesse 18 anos. Sem esse pequeno pé-de-meia, eu jamais poderia me dar o luxo de viver em Nova York ou sequer estagiar. Fala sério! Pessoas cujos pais decretaram falência não estagiam. A ação judicial foi um maldito milagre, do qual eu precisava tirar vantagem. Se não fizesse nada, tirasse notas medíocres e ficasse de bunda para o alto, eu oficialmente seria a pior pessoa de todas. (Também estaria sem um puto em alguns anos, porque não ganhei *tanto* dinheiro assim.)

Acabei trabalhando no *Popsense* por um mês e meio antes de precisar sair para operar o braço outra vez. Quando o outono chegou, já havia me recuperado completamente e descolado um trampo em um site mais confiável, o *Flavorwire*. Agora tinha uma remuneração de dez dólares por post, às vezes vinte, dependendo dos acessos. Era um sonho, ganhar para escrever! Eu sentia tanto orgulho ao descontar aqueles cheques de dez dólares... Pouco importava se cada post consumia duas ou três horas para redigir e formatar, o que me rendia menos de um salário mínimo. Tinha encontrado o caminho do sucesso.

Em dezembro de 2009, me formei e pedi demissão do *Flavorwire* para procurar uma vaga remunerada de redator em período integral, mas, claro, não deu certo. Nova York ainda levava uma trolha, sem vaselina, da bem-dotada recessão. Não havia empregos. Mas, secretamente, me sentia aliviado por continuar sem trabalho mais um tempo. A ideia de ter um emprego me paralisava de medo, porque não tinha certeza se seria capaz de sequer sobreviver fisicamente ao ambiente de trabalho. Onde quer que me contratassem, eu ia ter que começar de baixo e executar dezenas de tarefas administrativas — e com minha mão e meu cérebro de merda, concluir algo tão simples quanto abrir um envelope podia levar dez minutos. Acredite, amigo. Você não quer que eu abra sua correspondência. Coisas ruins acontecem.

Para esconder minha deficiência dos empregadores, eu me candidatei a estágios que ofereciam a possibilidade de acesso remoto. Jamais coloquei os pés em um escritório. (Embora, para ser franco, suspeitasse de que a sede do *Popsense* funcionava no dormitório de alguém.) Mas sabia que não podia continuar assim. Se quisesse trabalhar com impresso ou com um blog sério, teria que entrar em um escritório e sentar ao lado de alguém. Teria que executar tarefas simples, tarefas que uma pessoa saudável levaria cinco segundos para completar, mas me consumiriam horas.

Eu teria que achar um estágio em uma revista impressa de prestígio.

Alguns meses depois de me formar, enquanto assistia a vídeos da Mary-Kate Olsen tentando falar, vi que uma de minhas revistas prediletas, a *Interview*, estava selecionando estagiários para o verão. *Chegou sua hora, Ryan!*, pensei. *Pegue a autoconfiança que você trancou naquele depósito do Queens e se inscreva, merda!* E foi exatamente o que fiz. Dirigi até o Queens, resgatei minha autoconfiança do depósito (ela havia engordado bastante desde a última vez que a vira, graças a Deus) e me inscrevi para o estágio. Alguns dias depois de enviar meu currículo, recebi um convite para uma entrevista nos intimidantes escritórios da publicação, no SoHo.

Vibrando de empolgação, escolhi meu melhor look "Não sou deficiente, sou da MÍDIA DE NOVA YORK!" e me despenquei até o centro para encontrar Grace, uma das editoras, para um bate-papo. Grace parecia legal, mas um pouco abatida. Como se aquele emprego tivesse roubado seu espírito e o mantivesse refém na seção de comida de gato do supermercado. A linguagem corporal e a cadência de sua voz me deram a impressão de que o mundo estava perpetuamente cagando em sua cabeça — um glamouroso, exuberante cocô, mas um cocô ainda assim. Apesar da vibe triste, estávamos nos dando muito bem, e me senti confiante de que me saíra bem na entrevista.

Quando Grace me ligou alguns dias depois e disse que eu tinha conseguido o estágio, fiquei eufórico, logo em seguida apavorado. Aquela não era uma revista sensível do tipo "Compreendemos sua lesão cerebral!". Era uma publicação FÉCHON de vanguarda, que representava a perfeição física, e ali estava eu, prestes a mancar por suas páginas.

Nos trinta primeiros minutos de trabalho me dei conta de que, deficiente ou não, seria quase impossível conseguir um emprego de verdade na revista. Grace estava me mostrando o escritório (*Aqui é onde você chora depois de um longo dia; aqui é onde você é chamado de retardado por sua chefe lésbica chic empoderada*) quando, de repente, uma assistente chegou correndo, esbaforida.

— Grace, precisamos de um novo porta-revistas. Os que temos estão caindo aos pedaços!

— Você está brincando, né? — bufou Grace. — Não temos dinheiro para isso.

— Hmm, custam, tipo, cinco dólares. Eu pago do meu bolso.

— Ok, então. Você paga.

A assistente se afastou, arrasada, e Grace prosseguiu com o tour. *Essa é a mesa de pingue-pongue que ninguém usa, porque não temos permissão para nos divertir aqui dentro...* (Não eram suas palavras exatas, mas bem poderiam ser, pelo modo como passava a informação.) Eu estava atônito. Como a revista poderia se dar o luxo de me contratar quando sequer podia comprar um porta-revistas de cinco dólares? As revistas não eram, supostamente, ricas? O escritório podia até ser glamouroso, e a editora-chefe, uma sósia de Anna Wintour, mas todos os outros funcionários estavam por um fio — emocional, espiritual e financeiramente.

Entre eles, Hannah, 24 anos, assistente do editor de entretenimento, com quem trabalhei de perto. Como Grace passava a maior parte do tempo chorando em um armário de vassouras por aí, eu dependia de Hannah para me passar trabalho. No segundo que a conheci, entrei em modo acelerado e sugeri pauta após pauta; uma delas, um editorial de moda inspirado pela família Mason, que não deu muito certo. No entanto, Hannah era gentil. Ela ouvia minhas ideias e me encorajava a ficar de olho em novos artistas com o perfil da revista. Fiz o que mandou, flodando seu e-mail com bandas bizarras que eu achava que iam estourar e escrevendo minibios para cada grupo. Hannah levou tudo isso em consideração e logo percebeu que eu era um tigre faminto. Ela já me chamava pelo apelido, Rye, no segundo dia.

Era importante me fazer notar na *Interview*, apenas o suficiente para me destacar dos outros estagiários — um deles, juro por Deus, era da realeza sul-africana. Acontece bastante nos estágios. Você sempre acaba trabalhando com uma herdeira ou filho de alguém famoso. Não faço ideia do motivo que os leva a estagiar, para início de conversa. Talvez estejam apenas atrás de um passatempo antes de se casarem com um cara rico chamado Tad, que trabalha no mercado financeiro e quer sexo anal de aniversário.

Jamais chamaria a atenção na *Interview* por minhas habilidades fotocopiadoras, então a única maneira de causar uma boa impressão era através de minhas ideias para matérias. Funcionou por um tempo, até que Hannah perdeu a paciência um dia.

— Você precisa se concentrar menos nas pautas e mais em seus deveres de estagiário! — disse.

Ela estava coberta de razão. De fato, eu não fazia o típico trabalho de estagiário, mas só porque eu era ridiculamente péssimo nisso. Ela logo se deu conta desse erro quando, depois de ter me mandado fazer o que eu mais temia — abrir a correspondência —, passei meia hora tentando dominar o abridor de cartas e acabei rasgando o conteúdo do envelope. Envergonhado, fui até Hannah, envelope rasgado em mãos, e me desculpei pelo erro. Ela parecia irritada, mas, pressentindo a humilhação praticamente irradiando de meus poros, teve pena de mim.

— Tudo bem, Rye. — Ela sorriu. — Você pode dar um pulo no hotel de Bret Easton Ellis e deixar esse manuscrito lá para mim?

Apesar de toda evidência contrária, achei que, se Hannah me chamava pelo apelido e me encorajava, de algum modo eu conseguiria um emprego. Mas *nada* teria me conquistado um emprego na *Interview*. Eu poderia ter trançado o cabelo de minha chefe e casado com alguém da família e, ainda assim, isso não se traduziria em um contracheque. Não era nada pessoal. Apenas não havia dinheiro. Os funcionários contratados em geral acumulavam duas funções por um salário irrisório. Nos três meses que passei ali, o assistente editorial arrumou um emprego em outra revista e, em vez de imediatamente contratarem alguém para a vaga, passaram suas funções para um estagiário. A princípio, o estagiário ficou eufórico. *Sim!*, pensou. *Esse pode ser meu passaporte para um trabalho de verdade.* Mas, depois de alguns meses de trabalho duro e não remunerado, eles demitiram o estagiário e contrataram alguém de fora para assumir o cargo.

Por mais que quisesse receber uma proposta de emprego, saí da *Interview* desiludido com as redações de revista. Todo mundo ali desejava fazer parte de algo que viram na TV, mas a realidade nem mesmo chegava aos pés da fantasia. A editoria de moda se esmerava em mostrar seu trabalho como torturante e glamouroso. Um dia cheguei ao escritório e um estagiário veio correndo me contar o "delicioso drama".

— Ah, meu Deus! Você não vai acreditar no que aconteceu ontem!

— O quê?

— Um estilista importante veio até aqui e deu um piti. Ele jogou um sapato na cabeça de um dos estagiários! — Essa pessoa parecia completamente encantada com a novidade.

— Caralho.

— Não é? Tão louco! — disparou o estagiário, sorrindo.

— Não, sério. Não deveria ser permitido tratar as pessoas assim. Não me importa o quão famoso você seja. É inaceitável.

— Quero dizer, sim, talvez. Se bem que acho isso incrível, sabe, alguém tão famoso jogar um sapato na sua cabeça.

Oi, querido? QUE PORRA DEU ERRADO COM MINHA GERAÇÃO?

No meu último dia na *Interview*, tive uma conversa constrangedora com Grace e Hannah, uma avaliação de meu desempenho naquele verão. Finalmente havia tomado vergonha e não esperava nada das duas. Apenas queria sair dali com minha dignidade intacta. Mas, antes que pudesse escapar, precisava aturar aquela conversa sobre como eu era um membro valioso da equipe e devia manter contato. Minha sensação era de que havia um elefante branco na sala e de que aquele elefante tinha a ver com minha não contratação. Talvez minhas expectativas fossem muito altas, mas achei estranho não tocarem no assunto. Enfim, perguntei:

— Então... o que é preciso fazer para, tipo, conseguir um emprego por aqui?

Elas ficaram tensas. Parecia que eu tinha falado um palavrão: empr*g*.

— Ah, hmm... — Hannah parecia agitada em sua bata da Free People. — Você sabe, não estamos contratando ninguém no momento, mas não deixe de conversar com nosso editor de online. Você pode escrever umas coisas para o site!

Sim. *De graça.* Tudo é de graça. No mundo da escrita, já é uma vitória ser publicado, algo que eu nunca compreendi. Por que os escritores não podem trabalhar por gratificação, e por que é considerado um tabu até mesmo tocar no assunto dinheiro? Em qualquer outra profissão, você espera ser pago por seu trabalho. Você não vê encanadores dizendo *SIM, vou desentupir seus canos! Obrigado por essa incrível oportunidade. Não precisa pagar!* Talvez escritores estejam dispostos a trabalhar de graça porque existe uma vergonha inerente à atividade criativa, especialmente numa época em que as pessoas têm sorte de sequer conseguir trabalho. Ou talvez sejamos apenas masoquistas que desconhecem o próprio valor.

Eu já havia escrito para o site da *Interview* e não via sentido algum em continuar a trabalhar de graça. Se muito, ia tentar diversificar o máximo possível e escrever gratuitamente para outro veículo. Mas não disse isso a Hannah e Grace. Apenas agradeci pela oportunidade e me despedi. Antes que pudesse sair, Grace me avisou que tinha um presente para mim e me acompanhou até sua sala. Em seguida, ela sumiu debaixo da mesa e reapareceu com uma caixa repleta de brinquedos.

— Todo estagiário ganha um brinquedo quando vai embora, e acho que tenho um perfeito para você! — Grace começou a vasculhar a caixa, ignorando canetinhas e livros de colorir. — Ah, aqui está! — O rosto de Grace estava exultante. Ela havia achado o presente apropriado para mim: uma tela mágica rosa-choque.

— Uau! — exclamei, genuinamente chocado. — Não vejo uma dessas há anos.

— Eu sei. Não é engraçado?

Quando cheguei em casa, joguei minha tela mágica no fundo do armário, junto de meu diploma da faculdade, onde era seu lugar. Então comecei meu hiato de meses sem emprego. Quem quer que tenha cunhado o termo "desempreocupado" devia perder o próprio emprego. Você não passa o tempo todo bebendo vinho barato e assistindo a *Keeping Up with the Kardashians* com os amigos. Sua existência é solitária e infeliz. Você acorda todo dia apavorado por ainda não ter conseguido nada. Então passa horas no computador, procurando emprego. Você se candidata a várias coisas, coisas sobre as quais nada sabe e para as quais, com certeza, não é qualificado, porque está desesperado, porque entrou em pânico, porque não sabe mais o que fazer. O tempo todo digerindo o fato de que há apenas um ano você vivia a vida como se fosse um sonho. Como se estivesse no caminho de um futuro brilhante. Você fez tudo certo. (Se isso tudo soa ingênuo e sem perspectiva, talvez seja porque, quando você se forma na faculdade, você é ingênuo e sem perspectiva.)

Estar desempregado é um trabalho em tempo integral. Não existe intervalo. Você está sempre em busca de um trampo ou de uma oportunidade oculta. Enquanto isso, não há como ignorar o fato de que você não tem um emprego. Essa informação o segue aonde quer que vá. Você nem pode navegar na internet em busca de distração, porque é provável que se depare com alguma matéria sobre o quão fodida é sua geração. A internet é um pai crítico colocando o dedo na sua cara.

Alguns de nós voltam para a casa dos pais. Isso pode acender uma fogueira debaixo de sua bunda e se tornar um incentivo a mais para que consiga emprego e se mude o mais rápido possível. Ou pode fazê-lo afundar ainda mais na depressão e autocomiseração. Tenho amigos que se mudaram para a casa dos pais depois da faculdade e simplesmente nunca mais saíram. Uma mudança temporária se estendeu por três anos. Simples assim. Não os culpo. É difícil enxergar o mundo como uma terra de oportunidades do porão de seus pais.

Não precisei voltar a morar com os meus, mas não quer dizer que estivesse vivendo *la vida loca* enquanto desempregado. Na realidade, estava péssimo, porque não me considerava digno de alegria. Toda vez que afrouxava o cinto e relaxava um pouco, eu me perguntava *O que você fez para merecer esse momento? NADA! Arranje um emprego, depois você pode se divertir. Até lá, tem a obrigação moral de se sentir triste.*

Ser um desempregado com diploma é o *Escolha sua Aventura* da atualidade. Você pode ficar com raiva e chafurdar na crença justificada de que o mundo o deixou na mão e lhe deve alguma coisa. Mas não se surpreenda quando não conseguir o que deseja. Após meu acidente, também enfrentei essas pontadas de ressentimento. Eu não merecia sofrer, ainda mais depois de tudo pelo que já havia passado. Quando me formei na faculdade, aqueles sentimentos já conhecidos ressuscitaram. Eu pensei *Mereço um emprego! Trabalhei duro na graduação!* Mas me dei conta de que soava um idiota grosseiro, então calei a boca e fui trabalhar. Ficar puto com o mundo por causa dos seus problemas não é o atalho para um bom emprego ou relacionamento, ou o que quer que imagine ser seu por direito. Pelo contrário. É o caminho mais longo.

Uma maneira mais efetiva de navegar os mares do desemprego com um diploma é não ter medo. A maioria das pessoas que conquistou algum sucesso logo após a formatura o fez com coragem, rindo na cara dos obstáculos. Para chegar a algum lugar, você precisa despistar a vaidade e o ego e dizer a si mesmo: *Vou parecer um idiota pelos próximos anos, porque não tenho ideia do que estou fazendo, mas tudo bem. É o único modo de aprender.* Percebi que muitos de meus companheiros eram acometidos por uma insegurança castradora quando chegava a hora de correr atrás das coisas que queriam, fosse um trabalho ou um interesse amoroso. Aquilo me fez pensar que, se você está solteiro, sem emprego, ou ambos, é provável que tenha dificuldade em admitir que merece o contrário.

Há pouco tempo, estava bebendo com uma amiga, fofocando sobre uma conhecida que havia lançado um projeto na Kickstarter para produzir sua websérie. A premissa do seriado parecia péssima, e o vídeo em que defendia seu programa era sofrível.

— Ela está ridícula — censurei. — Como teve coragem de fazer aquilo e achar que não tinha problema?

Minha amiga, que é uma garota menos maldosa que eu, respondeu:

— Quer saber? Também acho que ela parecia completamente estúpida, mas tiro o chapéu pela coragem de ter dado a cara a tapa. Pelo menos ela está fazendo alguma coisa. Pense em todos os nossos amigos desempregados ou que estão trabalhando com algo que odeiam. Eles sempre falam das coisas que gostariam de fazer, mas chegam a realmente tentar? Não. E é por isso que pessoas que criam Kickstarters constrangedores com certeza vão chegar mais longe do que esses preguiçosos cheios de talento. Elas estão, de fato, fazendo alguma coisa. E, às vezes, é só o que é necessário para alavancar as coisas.

Minha amiga tinha razão. Uma semana depois, o Kickstarter arrecadou o valor necessário e nossa conhecida largou o emprego para filmar sua websérie. Pensei em todas as pessoas que, como eu, tinham visto o site e imediatamente encaminhado a seus amigos para debochar. Provavelmente estavam entediadas em seu terrível emprego e se ouriçaram com a chance de zombar de um de seus colegas. Mas quem ri por último nessa situação? A pessoa que conseguiu a oportunidade de fazer o que gosta, ou o babaca inseguro preso em um cubículo?

Não dar a mínima para a possibilidade de parecer estúpido é, na verdade, a decisão mais acertada que alguém pode tomar. Em especial quando está se consolidando depois da faculdade e não tem nada a perder. O único modo de escapar, de fato, do inferno do desemprego é assumindo riscos. Não se assuste. Você pode fazer isso! Nunca se esqueça de que os Millennials são audazes. Deixamos as salas de aula sem um futuro definido e com o tradicional mercado de trabalho em ruínas, então tivemos que criar nossos próprios empregos e construir tudo com base na intuição. É a única coisa pela qual as pessoas na casa dos vinte anos não recebem crédito suficiente. A história é sempre "Millennials são desocupados que vivem com os pais" — o que, tudo bem, tem um quê de verdade. Mas também somos loucos inovadores, com uma incrível habilidade de transformar o nada em alguma coisa.

Um ano depois de me formar na faculdade, já tinha quatro estágios debaixo do braço e apenas uma tela mágica como prova. Em meu aniversário de 24 anos, estava tudo certo para começar meu quinto estágio, mas jamais apareci. Em vez disso, me isolei em uma caverna criativa por quatro meses, na esperança de que alguma coisa, *qualquer coisa*, acontecesse. Quando terminei minha hibernação, tinha um trabalho integral e um passaporte para um mundo ainda mais assustador que o do desemprego: o ambiente de trabalho moderno.

JOVEM NÃO PROFISSIONAL

Ryan, você não vai conseguir sobreviver no mundo real. Assim que as pessoas descobrirem que você não sabe fazer nada, seus dias estarão contados. Você nunca será capaz de manter um emprego. Todos vão conseguir; todos, menos você.
— Eu, na véspera de meu primeiro emprego (LOL, bye!)

É POSSÍVEL sofrer de empregofobia? Não no sentido de *Ai, meu Deus, sou muito preguiçoso para trabalhar. Por favor, me deixe ficar na cama ouvindo músicas tristes e obscuras para sempre*. Estou falando do medo absolutamente incapacitante. É o que tenho. Depois de passar a vida toda convencendo as pessoas de que eu era mais funcional do que parecia, estava preocupado que um trabalho de verdade me tirasse isso. Meu primeiro gostinho no quesito revelação de deficiências se deu quando estagiava na *Interview*. Mas os riscos são diretamente proporcionais ao salário. Agora que eu estava, de fato, sendo recompensado financeiramente, tinha de provar que merecia estar ali, algo difícil de conseguir quando, bem, você mesmo não acredita muito nisso. Após alguns dias de trabalho, estava convencido de que meu chefe ia se dar conta de que eu era um bosta, sem qualquer habilidade real, e me demitir.

Se meu primeiro trabalho não fosse tão pouco convencional, talvez isso tivesse acontecido. Quando comecei como redator e editor em uma startup de comunicação nova-iorquina chamada *Thought Catalog*, eu era o primeiro funcionário remunerado. Não tínhamos escritório nem equipe. Eu trabalhava em home office, de pijamas, me masturbava religiosamente e passava meu horário de almoço vendo TV e comendo os restos abandonados na geladeira. Fiquei pasmo que um emprego assim fosse possível, embora não seja mais tão incomum. Meu irmão, minha irmã e eu jamais trabalhamos em um escritório. Nossos empregos giram em torno da internet e nos dão a oportunidade de trabalhar remotamente. Meus pais ficam perplexos com o que fazemos para viver. Profissões como blogueiro, desenvolvedor de site pornô e criador de currículo online mal existiam dez anos atrás, quanto mais quando eles se formaram na faculdade. Mas se a ambição ideal é que os filhos suplantem o sucesso dos pais, os meus estão realizando esse desejo. Aos 28 anos, meu irmão vendeu seu website e se aposentou — no mesmo ano que meu pai. Coisas assim são possíveis agora.

A internet permitiu às pessoas alcançarem o sucesso rapidamente. Com os caminhos tradicionais obstruídos, qualquer um com Wi-Fi e uma grande ideia pode chegar ao topo. Não existem regras. Elas estão sendo escritas ao longo do caminho.

Ainda não estou certo de como, aos 24 anos, arranjei um emprego para escrever sobre o que quisesse, mas o dinheiro provavelmente ajudou. A coisa mais valiosa que meu acordo judicial me proporcionou foi tempo para escrever e engordar meu portfólio. Se olhar com bastante atenção para pessoas de vinte e poucos anos com carreiras incríveis, provavelmente vai encontrar um cheque polpudo sendo descontado por trás. Não gosto de admitir, especialmente porque não cresci com dinheiro e isso sempre faz eu me sentir como um traidor da minha classe, mas é um fato que não se pode ignorar. Consegui meu emprego dos sonhos porque não precisei aceitar nenhuma função bizarra.

Ser cara de pau também me ajudou a chegar aonde queria. Assim que embarquei no bonde do desemprego, comecei a mandar e-mails para todos os escritores e editores da cidade, perguntando como conseguiram atingir seus objetivos. Mandei artigos para qualquer um disposto a lê-los. Escrevi todos os dias — um luxo, já que não precisava trabalhar no varejo nem em restaurantes — e me esforcei para encontrar minha voz até que algo me batesse à porta. Então, depois de três meses de puro pânico e trabalho incessante, as coisas começaram a acontecer.

Passei a vender artigos para a *Thought Catalog* que, por sua vez, recebiam muitos acessos. Em janeiro, meu aniversário de um ano de formado, me ofereceram um cargo em tempo integral.

Nos primeiros seis meses de emprego, eu estava tão eufórico que parecia sob o efeito de drogas. (Às vezes estava mesmo sob o efeito de drogas, mas vou chegar a meu momento *Réquiem para um Sonho* mais tarde.) Eu queria absorver tudo e berrar jargões corporativos sem sentido, como "ONDE ESTÃO OS ITENS DE AÇÃO?" e "PODEMOS RETOMAR ISSO MAIS TARDE, BOB?", e entregar cartões de visita para todos que encontrasse na rua. Mesmo que pareça medonho, seu primeiro emprego de adulto sempre lhe dá um prazer perverso. Você cai de paraquedas em um país estranho, onde precisa aprender uma nova língua e outro código de conduta. É como um excitante choque elétrico.

Uma das minhas funções no *Thought Catalog* envolvia acompanhar meu chefe a reuniões em bares artesanais burgueses. Em geral, a pessoa com quem nos encontrávamos era bonita, hétero e jovem; o tipo de cara que foi treinado para o sucesso e que jamais havia, de fato, perdido tempo sendo desempregado ou surtando sobre o futuro. O que era interessante nessas reuniões é que nunca se chegava a nenhuma conclusão. Nos dois primeiros drinques, falávamos sobre o trabalho e, então, as rachaduras apareciam, revelando a pessoa por trás do profissional. A linha do tempo da conversa se desenvolvia mais ou menos assim:

ANATOMIA DO HAPPY HOUR E NETWORKING

Drinque um: Você justifica por que está ali, bebendo um drinque de 16 dólares no cartão corporativo. Em termos vagos, discute a possibilidade de colaboração. Você consegue a proeza de falar por trinta minutos sem dizer absolutamente nada. A habilidade de falar muito sem dizer nada é, definitivamente, algo que se aprende com rapidez. Logo, você estará em reuniões cuja pauta é marcar novas reuniões. É muito confuso. Talvez precise deitar no meio da conversa para se recompor.

Drinque dois: Você começa a afrouxar a gravata e a fofocar um pouco. *Ah, conhece o Bob Foreman, do financeiro? Trabalhei com ele na Pelaxaco. Sim, ele é... um sujeito interessante.* Então vocês comparam seus paus profissionais para ver quem é mais bem-dotado. *Você trabalhou nas Indústrias Sou Tão Abençoado por três anos? Amei. Eles me ofereceram um emprego, mas preferi trabalhar nas Indústrias Sou Ainda Mais Abençoado. Mas é ótimo que tenha aceitado. É uma excelente vaga para iniciantes.*

Drinque três: Você faz menção a uma vida pessoal. Admite, de passagem, que tem uma namorada ou que passou férias nas Bermudas. Talvez fale sobre sua cidade natal e faça uma referência a seus loucos dias como universitário. Basicamente, você está dizendo *Estou bêbado o bastante para confessar que sou uma pessoa multifacetada, cuja vida não se resume apenas ao trabalho.* Você retoma o assunto de seu conhecido, Bob Foreman do financeiro, e tenta extrair alguma intriga. *Veja bem, eu amo Bob, eu morreria por ele, mas o cara é um idiota quando se trata de gerir pessoas, certo?* A discussão sobre os defeitos de Bob começa discreta, mas logo vira uma avalanche.

Drinque quatro: Bob é um puta de um babaca. Bob arruinou sua vida. Bob transmitiu verrugas genitais para sua amiga Cindy. Além do mais, aquele seu emprego, aquele do qual você ficou se gabando durante o segundo drinque, é, na verdade, terrível. Seu chefe é um demônio insuportável e você ganha uma miséria. Para ser honesto, vocês não deviam trabalhar juntos, porque a companhia não vai pagar nada por isso. Tudo é uma merda, ha ha ha!

Drinque cinco: Você está fodido. Você pede uma dose. A noite está oficialmente se transformando em um erro. Você confessa que traiu sua namorada com alguém que gosta de fazer fio terra. *Onde estão as putas? Vamos chamar uma puta?* Você trama maneiras de causar a demissão de Bob.

Drinque seis: *Eu te amo, porra. Você é do caralho. Vamos fundar a merda de uma empresa.*

Drinque sete: Se você ainda não morreu, está ligando para seu traficante de cocaína.

Amo ver alguém fazendo uma cena, apenas para se mostrar como realmente é logo em seguida. O que me fascina no ambiente de trabalho é o acordo tácito de assumir uma nova personalidade profissional, mesmo que todos saibam que é só fachada. Você se torna alguém que jamais chorou por causa de um término ou vomitou depois de uma bebedeira ou de reprovar em alguma matéria. Todas as coisas que o fazem humano são ocultas, e você finge ser alguém que sempre foi equilibrado. O único momento em que pode ser você mesmo é no happy hour. Na faculdade, eu pensava que o happy hour era para bêbados infelizes, mas, no segundo que consegui um emprego, eu entendi. *Não fode, agora saquei.* Se você trabalha arduamente, só tem uma pequena janela de oportunidade para se divertir. Das 18h às 21h, você pode agir como se fossem 3h da madrugada de um sábado, e ninguém vai se importar. Todo mundo entende que trabalhar em tempo integral pode transformá-lo em um quase alcoólatra em cinco segundos. Como se não bastasse o constante estresse, é preciso também lidar com colegas de trabalho insanos o dia todo. Antes de conseguir um emprego, sua vida social era controlada. Certo, havia pessoas malucas em suas aulas, e às vezes você acabava colado em algum esquisito numa festa, mas, na maior parte do tempo, só interagia com pessoas de quem gostava. Empregos são diferentes. Empregos trancam um bando de pessoas completamente diferentes em uma sala e torcem para que aprendam a lidar umas com as outras. Em geral, você apenas mandaria o clássico *Não me dirija a palavra, seu lixo humano!*, mas não há como escapar no ambiente de trabalho. Você está encurralado em um cubículo, forçado a tolerar aqueles essencialmente díspares. Pode ser uma experiência traumática, mas vamos encarar os fatos: você vai passar a maior parte da vida rodeado por imbecis, então quanto mais rápido aprenderem a coexistir, melhor.

Nem todos os colegas de trabalho são ruins. Às vezes você vai gostar tanto de um que vai desejar foder com ele como se não houvesse amanhã. Não se sinta culpado por tais impulsos. Você passa mais tempo com essa pessoa que com seus amigos e familiares, então é apenas natural que comece a pensar *Espere... você é gato? Hmm, quem se importa; vamos largar esse relatório no qual estamos trabalhando e fazer coisas proibidas com nossos corpos*. Ainda assim, isso não significa que você deva tomar alguma providência. Quando se fode com um colega de trabalho, está fodendo consigo mesmo, porque quando as coisas azedarem — e elas vão azedar! —, você vai acabar em um inferno de sua própria criação. A única maneira de defender sexo no local de trabalho é se você acreditar que a pessoa é sua alma gêmea, e, se for esse o caso, um dos dois vai ter de pedir demissão para que o relacionamento dê certo. Embora pareça um enorme sacrifício, pense sob esse ângulo: o emprego não vai limpar seu vômito quando você estiver doente ou lhe dar um orgasmo logo que acordar.

O *Thought Catalog* foi meu primeiro emprego de gente grande e mudou minha vida da noite para o dia. Fui imediatamente jogado, sem manual de instruções, no mundo dos blogs. Na maior parte do tempo, eu me sentia como se nem trabalhasse para meu chefe; trabalhava para a internet, o chefe mais babaca de todos os tempos. A primeira vez que me vi publicado online, parecia que tinha tomado uma picada de uma droga poderosa. No instante que posta qualquer coisa, você aperta F5 sem parar até ver que alguém deixou um comentário. Uma onda de adrenalina o invade conforme continua a dar F5, observando as respostas se acumularem. Os comentários variam de *SE MATE!* a *Esse artigo salvou minha vida!* Então, quando o caos amaina e a tagarelice diminui, a onda passa e você leva um caixote. Daí começa a se sentir ligeiramente deprimido, porque as pessoas partem para outra e se prendem a um novo artigo. No fim do dia, todo o trabalho duro que você dedicou a seu texto contabiliza apenas quatro horas de atenção. Você pensa *Qual o objetivo disso tudo?*, até que começa a sentir de novo a necessidade de aprovação e o ciclo continua.

Como blogueiro, você enfrenta inúmeros problemas pouco convencionais, mas isso não significa que está isento de lidar com as típicas políticas de escritório. Para cada ofício, existe um regulamento implícito. Você não pode dizer certas coisas sobre certas pessoas, por razões x, y e z (as razões, aliás, são vagas e fictícias, mas não se tem permissão para contestá-las), e deve ser agradável com certas figuras poderosas, porque foram consideradas importantes. Mas como os blogueiros, em geral, não se conhecem pessoalmente, as regras talvez sejam ainda mais rígidas. Por exemplo, eles podem ter discussões homéricas sobre algo tão arbitrário quanto um colega segui-los de volta ou não no Twitter; ou o responsável por um website pode ficar puto com outro por roubar seus anunciantes, ou por — ops — ser zoado em um blog de fofocas por um outro alguém que, na verdade, já encontrou algumas poucas vezes em eventos. Blogueiros acham que você não vai ter coragem de chamar a atenção deles cara a cara por alguma coisa escrota que tenham feito. Gostam de fingir que aquilo que fazem online não tem nenhuma consequência nas vidas que levam fora do trabalho, mas todo mundo sabe que isso é mentira. Nos dias de hoje, o que fazemos online importa quase mais que as coisas que fazemos offline.

Além de navegar relacionamentos turvos com seus pares, ser blogueiro também implica lidar com a insanidade de comentadores de plantão. Uma coisa que aprendi bem rápido em minha linha de trabalho é que as pessoas se zangam. As pessoas estão irritadas a respeito de uma série de coisas e descontam na internet porque é fácil, porque é esperado, porque, lá, eles não têm rosto. Particularmente, jamais entendi a cultura dos comentários. Antes de trabalhar no *Thought Catalog*, nunca, nem uma vez, havia deixado minha opinião no post de um blog. Não via razão. Se lia algo de que não gostava na internet, simplesmente fechava a janela. Jamais senti a necessidade de dizer a alguém que suas ideias me ofendiam. Podia me dedicar a algo muito mais produtivo, como organizar meus livros por cor, com a ajuda da Ritalina. Infelizmente, a internet atrai essa raça miserável de seres humanos e lhes fornece um palanque no qual subir e DIGITAR BEM ALTO E FURIOSAMENTE. Eles fodem com a graça de tudo. Há dias em que quero apenas me lavar da internet e da corja que a habita, mas creio que todo emprego tenha seus pontos baixos. Você trabalha o dia todo e, mesmo que ame o que faz, aquilo penetra seus ossos, e só o que quer fazer é esfregar tudo de seu corpo: as luzes fluorescentes, o lamentável sanduíche de atum nos Tupperwares, a atitude falsa que as pessoas adotam para que as respeitem/odeiem, o comportamento passivo-agressivo, o clima competitivo que paira sobre o escritório, a incessante fofoca no Gchat, a penosa tarefa de parecer ocupado quando não se tem nada a fazer, a questão de não se sentir valorizado por seus empregadores ou, talvez mais precisamente, o medo de que todo mundo perceba que você os enganou e não tem a menor ideia do que diabos está fazendo. Se a faculdade tem tudo a ver com descobrir a si mesmo e abraçar sua especialidade, seu primeiro emprego é sobre se dar conta de que você não sabe porra nenhuma. Mas ei, isso não é uma coisa ruim. É uma dádiva! Porque só quando descobre que não sabe nada é que você pode começar a aprender alguma coisa.

Depois de passar três anos da minha vida sendo um escravo da internet, decidi que havia chegado a meu limite. Não só blogar sobre minha vida pessoal estava ficando monótono e obsoleto, como morar em Nova York também começava a perder o brilho. Ninguém lhe conta isso, mas a cidade só é um endereço divertido quando você tem 21 anos ou 21 milhões de dólares. Quando me mudei para lá, estava disposto a tudo. *Uau! Tem uma rave em Bushwick à 1h? Genial! Vou só beber um pouco de energético e a gente sai!* Mesmo quando as coisas não corriam como esperado, eu não me importava, porque a dor parecia tão extraordinária quanto a euforia. Mas, como em qualquer grande romance, a lua de mel estava fadada ao fim. Eu me lembro de pegar o metrô para casa certa vez, depois de um longo dia de trabalho, e de contar os segundos para me jogar na cama e assistir a porcarias na TV. Ergui os olhos do livro que estava lendo e vi um anúncio que dizia *Você não se mudou para Nova York para ficar em casa*. Pensei *Ai, meu Deus, você tem razão. Acho que isso significa que preciso partir agora.* Eu costumava ser aquela pessoa que se sentia mais à vontade em noitadas com os amigos que vegetando no sofá, mas esses dias acabaram. Agora queria o que não se consegue em Nova York: espaço, quietude e tempo bom. Calculei que existissem dez mil jovens de 23 anos mais que felizes em assumir minha existência nova-iorquina, então por que não lhes dar a chance? Era vez de outra pessoa viver em um glorioso armário e ficar acordada até às 7h e chorar nas esquinas. Eu estava de saco cheio.

Quando ponderei onde morar em seguida, me dei conta, em um segundo e meio, de que deveria me mudar para LA. Por duas razões. Um: ficaria mais perto da família e, conforme meus pais envelheciam, eu sentia uma súbita ânsia de estar por perto, caso sofressem uma prematura morte acidental. Dois: LA era onde eu poderia ganhar minha alforria da internet e realizar meu sonho de ser roteirista de TV. Desde pequeno, eu era obcecado por trabalhar em séries de TV. No Natal e nos aniversários, pedia a meus pais que me comprassem scripts de *Buffy, a Caça-Vampiros* e *Dawson's Creek*. E sempre que assistia a algum programa, habilitava a legenda para fingir que estava lendo os diálogos. Na faculdade, tentei a sorte escrevendo episódios simulados de séries tipo *Gossip Girl* com minha então BFF Sarah, mas, depois, nossa amizade degringolou e não tive a autoconfiança para continuar sozinho. Tentei esquecer minha fixação por roteiros e comecei a fazer um amorzinho gostoso e profissional com textos de blog; porém, quanto mais escrevia para a internet, mais me dava conta de que não era uma carreira sustentável. A grana era pouca, e minhas ideias, constantemente recicladas em busca de visualizações. Se precisasse passar mais um minuto imaginando que aspecto insano de minha vida tinha o potencial para viralizar, eu ia dar um Ctrl+Alt+Delete na minha existência. Então, antes de deixar Nova York, tomei vergonha e escrevi um piloto, que é o primeiro episódio de uma série original cuja função é elencar você em outra já existente. Meu piloto se chamava *Sequelado* e era sobre — o que mais? — um cara gay com paralisia cerebral! Mandei o roteiro para minha agente literária, Lydia, que é uma vaca intimidante na medida certa. Ela leu e mandou na lata: *É uma merda completa, Ryan. Melhore isso!* Obedecendo às ordens de Lydia, me isolei em minha caverna criativa, de onde emergi uma semana depois com um script tolerável. Em seguida, Lydia o encaminhou para uma agência de talentos em LA especializada em TV e representação de filmes. Um agente gostou do roteiro o bastante para me aceitar como cliente, então, um mês depois, eu me mudava para LA em busca de um emprego.

A princípio, estava otimista quanto a arrumar uma colocação na TV, muito embora as chances estivessem contra mim. É um ramo notoriamente difícil, em especial se você for, segundo minha agente, um "homem branco com zero conexões". Seis semanas depois, senti meu otimismo começar a esmorecer quando me vi em um cenário deprimente: sozinho em uma tarde de terça-feira, taça de vinho branco na mão, em um bar gay vazio de Venice Beach. Havia passado o dia em pé e precisava de um lugar onde pudesse relaxar e carregar meu celular em paz. Jamais tinha ido a um bar gay sozinho, mas eram 15h e só havia duas lésbicas com chapéu de cowboy no salão. Então, pensei *Que se dane! Esse é o lugar perfeito para perder minha virgindade de bar gay solo. Vamos torcer para que não doa muito!* Fiquei sentado ali, cuidadosamente bebericando meu vinho branco, que tinha gosto de sonhos delirantes, e me perguntando como diabos tinha acabado naquele purgatório profissional. Mais cedo, havia conversado com meu pai ao telefone.

— O que acontece se não conseguir um emprego como roteirista de TV? — perguntara ele.

— Vai rolar, pai. Confie em mim.

Minha resposta não nasceu do ego; eu sabia que não havia outra opção para mim. Se não pudesse escrever para a TV, teria que voltar a trabalhar com internet, e fazendo o quê? Listas até meus oitenta anos? Não acho que os leitores tenham muito interesse em matérias intituladas *10 Sinais de que Você Sofre de Demência*. Precisava jogar todas as minhas fichas no futuro para evitar um beco sem saída na carreira, mas ali estava eu, em LA, correndo atrás dos meus sonhos e me sentindo, de novo, como um recém-formado sem propósito. Você sempre está a apenas um passo de voltar ao início de tudo: de pijamas, dando F5 no *Craigslist*, o calor da CPU aquecendo suas coxas. É a roda da vida. Alguns dias você está no topo do mundo, bebendo champanhe e comemorando alguma ocasião especial, e em outros, desempregado e sozinho em um bar gay. Não é engraçado? Não. Não é. Mas é alguma coisa.

— Cara — chamou o barman, meio grosseiro. Eu estava quase catatônico, olhando fixo para minha taça de vinho, que começava a se parecer com mijo. — EI! — berrou o barman outra vez, alto o bastante para me tirar do transe.

— Sim?

— Seu telefone está tocando!

Meu iPhone estava atrás do balcão, carregando. O barman arrancou o aparelho da tomada e o jogou em minha direção. Vi que era meu agente e lembrei que ele tinha ficado de ligar para me dizer se eu fora escalado para uma série da MTV chamada *Awkward*. Havia sido minha primeira reunião de elenco e achei que tinha corrido tudo bem, mas nunca se sabe. Há milhões de razões para você não ser contratado para uma série, a maioria delas fora do seu controle.

Peguei o telefone e pensei *Ok. Esse pode ser tanto o pior momento da minha vida quanto o mais feliz. Ele pode me dizer que não consegui o emprego, daí vou desligar, chorar em público, pedir dez doses, ficar bêbado e acabar em um beijo triplo com as cowgirls lésbicas ao meu lado. Ou ele pode me dizer que consegui a vaga, então ainda vou chorar e pedir dez doses, mas provavelmente não vou cometer o erro de beijar duas lésbicas desconhecidas.*

— Alô — cumprimentei, as mãos tremendo ao redor do aparelho.

— Oi, Ryan! Como está? — perguntou meu agente, Tom.

— Sozinho em um bar gay, Tom. Já estive melhor.

— Ih!

— Ih, realmente. O que houve?

— Bem, acabei de falar com o pessoal da emissora...

De repente, senti vontade de vomitar.

— Ah, sério? Legal. O que eles disseram?

Tom hesitou por um longo instante. Era como se participássemos do *The Bachelor*, e ele estivesse prestes a me dizer se eu havia ganhado uma rosa ou não. Agentes são tão dramáticos!

— Ryan... você conseguiu!

Comecei a chorar. O barman e as cowgirls lésbicas me lançaram olhares de solidariedade.

— Sério? — fui capaz de ganir.

— Sim. Você conseguiu o emprego!

Mais lágrimas. Elas não paravam de cair. Tive que dizer a meu agente que ligaria de volta quando me sentisse mais equilibrado. Em seguida, sentei no bar e continuei a chorar de pura e absoluta alegria.

Sua carreira é feita de uma série de altos e baixos. A rejeição resultante da busca por seus sonhos pode ser devastadora, mas é compensada por esses breves instantes, quando você se dá conta de que pode não ser tão fodido assim, afinal de contas. Estou falando das vezes em que você não se sentiu um total fracassado e algo dentro de você, enfim, deu um estalo de *Eu posso fazer isso!* Foi como me senti quando atendi àquele telefonema. Depois de passar a maior parte da vida me sentindo um idiota que mal sabia fazer o mínimo, descobri que estava quase lá. A pessoa que não sabia nada estava, enfim, começando a aprender algo.

SOBRE O QUE FALAMOS QUANDO NÃO ESTAMOS FALANDO SOBRE DINHEIRO

Existem muitas coisas incríveis em escrever para televisão. A beleza da cooperação e a possibilidade de trocar ideias com algumas das pessoas mais insanas, talentosas e engraçadas do mundo; a emoção de ver as palavras que você escreveu ganharem vida no set com a ajuda de artistas talentosos; o infindável estoque de guloseimas que, se não tomar cuidado, vai fazer você ganhar seis quilos em quatro meses; e a grana. A grana é bem decente.

Pouco depois de receber meu primeiro contracheque pelo trabalho em *Awkward*, eu me vi teletransportado para a Saks Fifth Avenue, em Beverly Hills. Disse a mim mesmo que ia apenas comprar um perfume do Tom Ford que eu estava namorando (Tuscan Leather, $210), mas, em algum lugar do caminho, perdi a cabeça. Após me encharcar de Tuscan Leather, decidi que queria — não, *necessitava* — adicionar a colônia Tobacco Vanille, também do Tom Ford, à minha lista de compras.

— Oi, oi, oi! — arrulhei como um maníaco para o homem atrás do balcão de perfumes. — Pode vir aqui um minuto?

— Sim, senhor. Posso ajudá-lo?

— Hmm, sim — gaguejei. — Acha que posso misturar Tobacco Vanille e Tuscan Leather?

Seus olhos se iluminaram.

— Claro! Na verdade, essa é minha mistura predileta. As duas colônias são da coleção Tom Ford Private Blend, foram feitas para serem combinadas com diferentes aromas.

— Uau! — me derramei, enxugando o suor da testa. — Bem que achei que Tuscan Leather não era uma fragrância solitária. Com que outros perfumes posso combiná-la?

— Sandalwood é muito popular. — O homem borrifou um pouco de sândalo em meu pulso, e meu corpo inteiro convulsionou em êxtase. Subitamente, tinha certeza de que estava a apenas três vidros de perfume de $210 de me tornar a pessoa que eu nascera para ser.

— Que cheiro maravilhoso! Eu estava à caça de uma fragrância que me representasse, mas, para ser honesto, jamais achei que fosse encontrá-la.

— Entendo perfeitamente. As pessoas passam anos procurando algo que complemente sua personalidade.

Não é fácil. — O cara do perfume me encarou com atenção. — Posso dizer, pela sua originalidade, que Sandalwood, Tuscan Leather e Tobacco Vanille são três fragrâncias que representam você com precisão. São sexy e misteriosas.

— Acha mesmo? Muito obrigado. — Sorri, tímido. Embora soubesse que aquele sujeito não tinha o menor interesse em me ver pelado, fiquei contente pela dedicação.

— Então, o que decidiu? Vai levá-los?

Meu corpo zumbia. Minhas axilas pingavam suor. Eu me sentia fora de mim e muito vivo.

— Vamos nessa.

Ele passou meu cartão de crédito, e senti uma onda de prazer varrendo meu corpo. Peguei minhas três minúsculas sacolas e corri na direção da saída, pensando *Ryan, você precisa sair daqui. As coisas vão ficar feias!* Então vislumbrei um lindo display de velas e soube que estava perdido. Velas são a coisa que mais amo no mundo. Às vezes, em minhas fantasias, encho um carrinho de bebê com elas e, como se fossem filhos, eu as levo para um passeio cênico. Quando estou perto delas, fico indefeso.

Duas horas depois, saio da Saks Fifth Avenue com três perfumes, seis velas Diptyque e um pequeno frasco de creme para olhos da La Mer ($285). Agora que a sanha consumista havia acabado, a adrenalina baixara e eu me sentia completamente esgotado. Com uma clareza cruel, me dei conta de que tinha torrado quase todo o salário em uma tarde.

Quando me disponho a gastar dinheiro, nada consegue me impedir. É como alguém cheio de tesão. O desejo o atinge e domina seu cérebro até que encontre um meio de satisfazê-lo. Logo você entra em uma espécie de transe, em que belos objetos substituem a lógica. A certa altura, seus padrões vão estar tão baixos que não importa o que você compre. Apenas precisa de gratificação instantânea, o mais rápido possível. Passar o cartão de crédito e sair de uma loja cheio de sacolas não é diferente de se atirar em alguém. Os dois são uma espécie de consolo. Mas, assim que a euforia acaba, você cai em si e avalia os danos. No caso de uma trepada, talvez signifique se dar conta de que o desconhecido que você xavecou no bar parecia bem mais gato um orgasmo atrás. Se surtou no consumo, precisa digerir o fato de que gastou trezentos dólares em vinte minutos, e agora tem uma vela de oitenta dólares que nem cheira tão bem.

Não vou às compras com frequência, mas, quando faço isso, coisas como o Massacre da Saks Fifth Avenue acontecem. À primeira vista, minhas compras não fazem sentido (mistura para limonada de uma sofisticada loja de móveis e sabão de trinta dólares para as mãos?), mas, então, percebo que são coisas que uma versão melhor de mim deveria ter. Compro itens para que os outros vejam e pensem *Uau, quem é aquele cara com a enorme coleção de velas e flores frescas na mesa de jantar? Ele é tão bem resolvido!* Com ou sem dinheiro, ser um consumidor aos vinte anos tem menos a ver com a própria felicidade e mais com os passos necessários para se tornar a pessoa que sonha ser.

Ninguém gosta de tocar nesse assunto. Se quiser esvaziar uma sala, basta falar sobre dinheiro. Aproxime-se de alguém e pergunte *Quanto você ganha?* É provável que a pessoa fique profundamente ofendida, arranque os cabelos e corra até a saída de emergência em vez de responder. Dinheiro não é algo que devemos discutir; falar no vil metal só se for para reclamar da falta dele. Quando alguém elogia sua blusa que, por acaso, não foi cara, você responde com um *Vinte dólares na H&M. Acredita?* Mas se alguém o cumprimenta por algo que lhe custou duzentos dólares na Marc Jacobs, você fica constrangido e apenas agradece.

Entendo por que as pessoas ficam desconfortáveis ao falar sobre suas finanças. O dinheiro é ardiloso — ainda mais aos vinte e poucos —, pois claramente separa quem nasceu em sua companhia e quem precisa se esforçar para se tornar seu amigo. De um lado, temos os poucos privilegiados que são sustentados pelos pais ou, pelo menos, ganham uma pequena mesada. Para alguns, essa abundância pode ser fonte de profunda vergonha, porque as crianças ricas não gostam de ser diferentes. Eles querem ralar com os colegas para poder dizer *Meu Deus, estou falido!* Às vezes chegam a fingir que estão passando por dificuldades, o que é revoltante. Um dia, minha amiga podre de rica estava reclamando que não conseguia pagar o supermercado. No dia seguinte, apareceu no almoço com a nova bolsa da Miu Miu. Na faculdade, conheci um garoto rico que morava em um dos dormitórios e trabalhava como lavador de pratos porque isso fazia com que ele se sentisse um trabalhador honesto. Qual o problema com os ricos e o medo de ficar de fora? Não tem graça!

E há os que focam em alguma ilusão de segurança financeira. Olham para apartamentos, para lattes, olham para suéteres de caxemira e tudo que veem é uma etiqueta de preço capaz de catapultá-los para as dívidas e a miséria. O dinheiro é o inimigo. Quando olham em volta, só reparam naqueles que têm mais do que eles, pessoas com o bronzeado conquistado em viagens exóticas, usando maquiagem cara e joias que compraram com seu maldito dinheiro. Em uma cidade como Nova York, onde passei a maior parte da minha segunda década de vida, o conceito de riqueza é completamente distorcido. Você pode ter nascido na família mais rica do Kentucky, mas, quando se muda para lá, se sente um indigente. Existe pobreza genuína na Grande Maçã, assim como em qualquer outra parte do mundo, mas as pessoas que muitas vezes se identificam como pobres ali na verdade não são nada miseráveis. Apenas moram em Nova York.

Sempre fui obcecado por ricos com pouco senso de realidade. Felizmente, hipongos alienados parecem estar por toda parte hoje em dia. Estão na sua lavanderia, mandando passar as roupas de grife, ou em uma festa grunge, parados no canto, tramando como roubar seu namorado. Os ricos vivem incógnitos entre nós para não denunciar sua origem, mas não se deixe enganar pelos trapos e botas detonadas. O visual custa três mil dólares. As manchas no jeans desbotado? A calça veio da França, plebeu.

Aqui vão algumas dicas para saber se alguém é rico. Número um: eles moram em Manhattan, Paris, São Francisco, ou qualquer outra metrópole efervescente. Sei que *rico* é um termo relativo, mas se você pode arcar com aluguéis exorbitantes, já é mais rico que a maioria dos países do terceiro mundo. Número dois: você precisa entender que os ricos têm uma linguagem própria, especialmente quando conversam entre si. Dizem coisas como *Meus pais compraram esse apartamento para mim como um investimento...;* o que total entendo. Imóveis, com certeza, são uma boa aplicação. Mas você entende que isso faz de você um proprietário de vinte e poucos anos, certo? Sabe o que é considerado um bom investimento aos 24 anos? Camisinhas. Um bom par de botas de inverno. Não propriedade lucrativa.

Pessoas ricas também gostam de soltar coisas como *Deixei aquilo na minha casa de praia, Meu cavalo está atuando!* e *Dubai é bem legal, gente...* Uma pessoa bem viajada normalmente é rica. Cite um país na frente de um deles e vai ouvir *Ai, meu Deus! Eu amo [insira aqui o nome de um destino exótico]. Se viajar para lá, não deixe de visitar esse maravilhoso restaurante perto do rio, que serve as melhores chimichangas. Procure o Mambo! Ele é um velho amigo da família!* O velho amigo da família é outro importante indicativo de classe. Famílias ricas gostam de viajar em bando, assim, independentemente de onde estiverem, sempre têm um contato, um lugar para ficar, um emprego esperando por eles. Eles cuidam uns dos outros. Enquanto isso, o único lugar em que tenho contatos é na Costco, onde meu pai é considerado um cliente muito importante.

Outra maneira de identificar se alguém é rico: eles têm ótimos shampoos, condicionadores e cremes faciais. Os ricos não curtem mais ser grandiosos, então a maior parte do seu dinheiro é gasto nos pequenos detalhes. Visite o banheiro de uma pessoa rica e todos os seus segredos lhe serão revelados. O sofá pode gritar recessão, mas o armário do banheiro continua a cara da riqueza. Por último, alguém chamado Scoop, Muffy, Mitsy ou Scooter é rico. Quanto mais falso soa seu nome, mais rica a pessoa é. Nada é mais *NÃO DOU A MÍNIMA PORQUE SOU RICA, VADIA!* que batizar sua filha de Acorn.

Embora, tecnicamente, eu seja classe média, tenho convivido com pessoas ricas desde que frequentei a St. Paul's, graças a uma bolsa. Enquanto todas as outras mães largavam os filhos na escola vestindo uniformes para a prática de tênis e depois paravam no estacionamento para conversar e fofocar, a minha sempre se despedia com um *Saia logo da porra do carro, querido. Se me atrasar para o trabalho, vou ser demitida e vamos perder tudo!*

Minha família até tinha vislumbres ocasionais de riqueza. Por alguns anos, moramos em uma ótima casa nas montanhas, e, a certa altura, meu pai chegou a dirigir um BMW (que no fim das contas não conseguiu pagar, então trocou por um Buick de merda que, eventualmente, enguiçou em um drive-thru do Taco Bell). Mas assim que começávamos a nos sentir confortáveis, perdíamos tudo. Quando meus pais se divorciaram e declararam falência, minha mãe teve que comprar uma casa bem menor, em uma área pouco recomendável da cidade. Meu pai se mudou para um apartamento de dois quartos, onde fixei residência em um closet. (Até hoje meu pai acha que não havia nada de estranho no filho morar em um closet e garante que era do tamanho de um pequeno quarto. Não era. Era do tamanho de um closet.) Meu pai era um notório mão de vaca. Sempre que pedíamos hambúrgueres para viagem em alguma lanchonete, ele se recusava a fazer algo tão simples quanto pagar mais sessenta centavos por queijo, insistindo que podíamos derreter queijo na frigideira assim que chegássemos em casa. Também não podíamos pedir outra coisa que não água da casa quando comíamos em um restaurante. Insinuar que gostaria de um Sprite era basicamente o mesmo que exigir que ele bancasse sua faculdade na Sarah Lawrence. Quando eu lhe perguntava por que não podia comprar um refrigerante, ele respondia *PORQUE ME OFENDE QUE SEQUER COBREM POR BEBIDAS. É O PRINCÍPIO QUE IMPORTA, RYAN!*

Conforme eu crescia, meu pai continuava sovina como sempre, mas, de algum modo, ele, meu irmão e eu conseguimos subir de classe. Quando eu tinha 14 anos, meu pai se casou com uma roteirista de novelas e se mudou para a casa de praia dela, em Malibu. Quando fiz 18 anos, tive acesso ao dinheiro da minha indenização e meus pais entraram no modo *Ok, tchau... Chega de dinheiro para você.* (Uma das primeiras coisas que fiz com a grana foi convidar meu pai para jantar e pedir milhões de Sprites apenas para provocá-lo. Foi um momento importante, até porque nenhuma compra jamais pareceu tão gratificante.) Depois que recebi minha bolada, meu irmão começou seu bem-sucedido site pornô e comprou uma casa de um milhão de dólares em Hollywood Hills. Logo, nós três estávamos comendo em churrascarias e vivenciando um estilo de vida gritantemente contrário àquele em que fomos criados. Havíamos alcançado a estabilidade financeira graças a segundos casamentos, pornografia e paralisia cerebral.

Jamais me esquecerei do dia que peguei o dinheiro do meu acordo judicial. No meu aniversário de 18 anos, fui ao Washington Mutual (que descanse em paz) e saquei trezentos dólares, a maior soma que já tinha visto na vida. Segurar aquelas notas fresquinhas de vinte nas mãos não parecia diferente de carregar um punhado de crack. Queria apenas consumi-las até não sobrar nada. Então foi o que fiz. Minha Primeira Sanha Consumista aconteceu no shopping. Comprei alguns CDs na Sam Goody, um mocha gelado no Coffee Bean & Tea Leaf, uma nova carteira numa loja de skatistas e algumas camisetas na Miller's Outpost. Comprei bebidas para todos os meus amigos na Hot Dog on a Stick e peguei um táxi até o cinema. Eu era um pesadelo vivo do adolescente novo-rico. Como cresci em uma casa dominada pelo estresse financeiro, nunca imaginei que dinheiro pudesse ser fonte de alegria. A causa de depressão, ansiedade e medo, sim. Jamais de celebração.

Parecia estranho ter acesso a um mundo nunca idealizado para mim. A mudança me lembrou do meu acidente, quando fui de Ryan, o cara com paralisia cerebral, para o pobre sujeito atropelado por um carro. Mais uma vez, eu vestia uma personalidade que não me cabia direito. As pessoas presumiam que minha família fosse rica e que eu tinha um fundo fiduciário, mas a verdade não podia ser mais diferente. A paralisia cerebral, causa das minhas principais questões e conflitos internos, era o que me permitia pedir uma salada de $18 no [insira aqui o restaurante da moda].

Ter dinheiro me possibilitava driblar um aspecto crucial aos vinte e poucos anos: a falência. Na faculdade e além, é natural que você conte os tostões. Se não faz isso, é uma grave falha de caráter. Muitos dos meus amigos se orgulham de sua origem humilde e me confessaram que jamais namorariam alguém rico, porque a desigualdade de classes causaria grande desconforto. Uma vez, uma amiga que arranjou um namorado rico acompanhou a família do amado em um dia de compras no SoHo e testemunhou o desperdício de milhares de dólares em duas horas. Ela ficou tão traumatizada que, mais tarde, precisou pedir licença para chorar no banheiro. Não a culpo. Dinheiro é deprimente. Vagar por aí com gente rica quando você mesmo não tem muita grana pode levar a fugas para desabafar em segredo no banheiro, frente à crua realidade de que, não importa o quanto pareçam iguais, sempre existem diferentes criações, diferentes pontos de referência, diferentes valores imputados ao dólar.

A maioria dos meus amigos foi criada em lares de classe média e não mais recebem ajuda dos pais. Pelo menos, acho que não. Conseguir que um recém-formado se abra sobre sua situação financeira não é tarefa fácil. Creio que teria mais sorte convencendo uma de minhas amigas a compartilhar a história de seu segundo aborto. Sempre que tento conversar com um deles sobre como conseguiu dinheiro, o papo segue o script abaixo:

Eu: Oi, amigo!
Amigo: Oi! O que conta de novo?
Eu: Nada. Só estava pensando se podia fazer algumas perguntas.
Amigo: Claro. Sobre o quê?
Eu: Hmm, queria saber como você se vira com grana.
[SOM DE DISCAGEM]

Talvez as pessoas sejam tão reticentes em falar sobre dinheiro não porque disponham de um fundo secreto, mas sim porque têm vergonha de seus hábitos perdulários. Não importa o quão "falidos" os jovens de vinte anos aleguem estar, sempre serão capazes de pagar pelo que "precisam" — mesmo que seja algo tão supérfluo quanto uma garrafa de vinho ou um latte orgânico de cinco dólares.

O que nos traz de volta ao motivo pelo qual torrei todo o meu dinheiro em velas, loções e poções. Aos vinte anos, você constantemente anseia ser *alguma coisa* — uma namorada, um jovem profissional, alguém com plano de saúde, uma pessoa que saiba cozinhar — e, a fim de chegar do ponto A ao ponto B, percebe que precisa gastar uma boa grana. Pegue o exemplo de uma simples trepada. Para se sentir sexualmente atraente, a pessoa acredita que tem que malhar na academia, comprar roupas que valorizem seu corpo e gastar rios de dinheiro em comida saudável caríssima, sem hormônios e sustentável. Então é o que fazem. Compram na Whole Foods, se matriculam em uma academia como a 24 Hours Fitness, que é mais barata que, digamos, a Equinox, mas ainda assim é cara demais para quem se diz falido, e esbanjam em ocasionais maratonas de compras na Forever 21 e H&M. Isso é o que *muito mês para pouco salário* significa para a maioria das pessoas: comida deliciosa, um monte de vestidos descartáveis e construir um corpo sarado. Mas tudo isso é visto como necessidade, não futilidade, porque os Millennials precisam parecer e se sentir bem, não importam os números em seu contracheque.

Para uma análise mais apurada das mentes delirantes e perturbadas da minha geração, compilei uma lista das dez principais coisas que jovens de vinte e poucos anos "falidos" compram e a lógica por trás de cada aquisição.

1. *Álcool:* Preciso comprar esse coquetel de laranja e hibisco porque estou triste e estou triste porque não tenho dinheiro e não tenho nenhum dinheiro

porque continuo a gastar todo o meu dinheiro em coquetéis de laranja e hibisco.
2. *Aplicativo de carro particular*: Está tarde, não quero andar até minha casa porque tenho medo de ser estuprada. Você quer que eu seja estuprada?
3. *Jantares em restaurantes caros*: Uma amiga sugeriu um lugar e fiquei constrangido de confessar a ela que não podia pagar, então disse sim e agora estou tendo palpitações. Melhor não ficar nervoso a ponto de vomitar esse peito de frango de $24 que creditei no cartão.
4. *Lençóis novos*: Meus lençóis antigos tinham apenas 250 fios, o que não é legal, porque já tenho 26 anos e pessoas de 26 anos merecem uma contagem de fios mais alta.
5. *Cereal orgânico caro*: Preciso me alimentar de forma saudável, né? Não tenho me cuidado, então estou investindo nesse cereal orgânico na esperança de que minimize os danos que o álcool causou em meu organismo nesses cinco anos. Além do mais, custa apenas seis dólares.
6. *Financiamento estudantil*: Essa não é realmente uma despesa supérflua, mas rio muito de pessoas que dizem *Estou adiando o pagamento dos meus empréstimos porque estou sem grana. Mas podemos falar disso mais tarde? Estou atrasado para a ioga.*
7. *Jeans bacanas*: Hmm, eles duram uma eternidade, e é inteligente investir em clássicos, como uma boa calça jeans e sapatos de qualidade. Além do mais, eles deixam minha bunda linda, então é isso!

8. *iPhone*: Se um sem-teto pode ter um iPhone, então eu também posso!
9. *Computador novo:* Meu computador é tão lento que nem consigo carregar o Craigslist para procurar emprego. Você quer que eu arrume um emprego, certo?
10. *TV a cabo*: Brincadeirinha... quem ainda tem TV a cabo hoje em dia?

Todos os meus amigos estão em diferentes estágios financeiros. Conheço pessoas que ainda moram com os pais em minha cidade natal porque não podem pagar aluguel, pessoas cujos pais arcam com as despesas de seu loft de três mil por mês em Manhattan, pessoas que ganham mais de 45 mil por ano e se sustentam sozinhas. Conheço até mesmo um sem-teto de Los Angeles que passou o último ano na casa de amigos, descolando um ou outro trampo. A ideia de "esforço" é completamente relativa, e, embora eu seja amigo tanto de investidores quanto de gente que nem tem onde morar, todos parecem estar indo bem. Todos conseguem se virar e vivem estilos de vida não tão opostos assim. Às vezes me pergunto como isso é possível. Será que todo mundo que conheço vive além de suas posses, presos na bola de neve da dívida do cartão de crédito? Não. Apenas vivemos com base no pressuposto de que tudo vai se resolver. Temos uma visão nítida de como nossa vida deveria se desenrolar — viagens de férias, bons produtos de banho, jantares em restaurantes sofisticados. E vamos trabalhar como escravos e fazer o que for necessário para nos assegurar de que assim aconteça. Se por alguma louca, bizarra razão nada funcionar, nosso fundo do poço financeiro não é tão fundo assim. Podemos voltar para a casa dos pais até conseguir caminhar com os próprios pés de novo. Em gerações anteriores, você sofria uma pressão real para ser bem-sucedido, porque não havia plano B. Os Millennials são diferentes. Ricos ou pobres, a maioria de nós tem a rede de segurança da casa dos pais, o que nos permite viver como desejamos. Esse é o nosso segredo. Não a dívida do cartão. Não os fundos fiduciários. Mas os pais que não querem nos ver fracassar.

Minha mãe simplesmente amaria se eu voltasse para casa e vivêssemos infelizes para sempre, mas isso só vai acontecer quando o inferno congelar e/ou Vanessa Hudgens for considerada uma atriz decente. Mesmo que consiga torrar todo o meu dinheiro e minha carreira na TV vire poeira, ainda assim jamais voltaria a dividir o teto com meus pais. Meus dias de adolescente no armário que vivia, de fato, em um armário acabaram.

SER GAY É GAY

Por trás de todo homem gay bem-sucedido na casa dos vinte, há um garoto envergonhado de 13 anos dedicando uma punheta para Mark Wahlberg na encolha. Eu me lembro do momento que soube que era gay. Não foi quando, na tenra idade de sete anos, enrolei uma camiseta na cabeça e desfilei pela casa fingindo ter luxuriosos e longos cabelos louros, à la Kelly Taylor em *Barrados no Baile*. Nem quando notei, na terceira série, que meu melhor amigo, Todd, tinha uma bunda extraordinariamente fofa e eu perdia horas a admirando na aula. Tudo isso me parecia um comportamento normal. Que cara não fingia ter cabelo comprido e secava a bunda do melhor amigo quando era mais novo? Ok, talvez nem todos.

Minha primeira desconfiança de que eu poderia ser ligeiramente homo veio com a puberdade, quando eu passava mais da metade do meu tempo acordado no chuveiro, me masturbando. A princípio, fantasiava com homens e mulheres e me convencia de que apenas pensava nos caras por razões logísticas, mas, depois de duas semanas dedicadas àquela baboseira heterossexual, meu cérebro começou a perder a linha e a chutar a garota da fantasia. Agora que me confrontava somente com a imagem de belas e sexy partes masculinas, todo aquele prazer pecaminoso irrompia por meu corpo.

— Tá de sacanagem! — berrei no chuveiro, logo após gozar com minha primeira fantasia estrelada por homens. Aquilo não podia estar acontecendo. Eu *não* queria ser gay. Não porque acreditasse que meus pais e amigos desaprovariam... não; sei que não iriam se importar, graças a Deus. Estava puto porque as chances de um cara gay com paralisia cerebral ter uma vida sexual ativa eram mais estreitas que uma cintura tamanho 34. Homens gays são fúteis. Bem, todo mundo é fútil, mas, por alguma razão, homens gays têm permissão para abraçar seu comportamento crítico e se orgulhar de seu elitismo. Como um cara gay como eu poderia sequer chamar atenção quando gostosões saudáveis levavam toco?

Passei a maior parte da adolescência no armário, torcendo para que um dia eu sentisse vontade de bater uma punheta em homenagem a Buffy, então tudo voltaria ao normal. Esse dia, claro, parecia uma gozação com a minha cara. Aliás, de gozação *eu* entendia. Gozava por toda parte. Em meu lugar predileto, o chuveiro, na sala, quando estava sozinho assistindo a *Queer as Folk* — tive que mentir para minha mãe, dizendo que só acompanhava a série por conta dos enredos cativantes —, e em meu quarto que, como mencionado anteriormente, era um armário de verdade. A vantagem de passar todo o tempo, literal e figurativamente, em um armário é que você se torna um perito em esconder sua sexualidade. Você aprende a lidar com ferramentas de busca anônimas, que permitem pesquisar pornô gay no computador da família sem deixar rastro, e a fingir repulsa quando suas amigas falam de garotos. É um papel que todo homem gay nasceu para interpretar, pelo menos por um tempo. Eu o interpretei até os 17 anos, então não consegui mais suportar. Ao fim do meu primeiro ano do ensino médio, me ocorreu que dizer que eu tinha um crush pesado na Parker Posey não estava mais funcionando. Precisava, enfim, sair e provar o arco-íris.

Em vez de dar a notícia aos poucos, decidi contar a todos de uma vez, organizando uma imensa festa para me assumir. Mandei uma mensagem para geral dizendo *MAMÃE FORA DA CIDADE, SABEM O QUE ISSO SIGNIFICA! FESTA LÁ EM CASA NO SÁBADO! AH, A PROPÓSITO, TENHO UM SEGREDO COLOSSAL PARA CONTAR A TODOS. É DEVERAS IMPORTANTE E VAI MUDAR A VIDA DE TODO MUNDO PARA SEMPRE. VEJO VOCÊS LÁ!* Meus amigos chegaram a minha casa se perguntando o que o tal grande segredo podia ser. Tinha algo a ver com os saquinhos de lembrança cheios de macarrão em formato de pênis e brinquedos sexuais na mesa da cozinha?

— Oi, gente — cumprimentei. Eu estava vestindo uma camisa listrada com as cores do arco-íris horrorosa, comprada especialmente para a ocasião. — Sentem-se. Tem algo que gostaria de mostrar a vocês.

Mais cedo, tinha me assumido para minha amiga Caitie, e gravamos um pequeno vídeo com a revelação. Na abertura, nós dois dançávamos uma música lenta em meu quarto. O clima era romântico — velas acesas por todo lado e uma música suave saindo do aparelho de som. De repente, Caitie se aproximava para um beijo, e meu corpo se encolhia.

— Qual o problema? — gritava Caitie.

— Não posso fazer isso — eu suspirava, dramático. — Queria poder, mas... simplesmente não consigo.

Caitie me guiava até a cama e fazia eu me sentar, colocando uma das mãos de modo reconfortante em meu joelho.

— Minha doce rosa, apenas me diga qual é o problema.

— Temo que esse segredo seja vergonhoso demais para sequer divulgá-lo!

— Pode confiar em mim, querido...

Soltei um suspiro exasperado.

— Ok, certo. Você pediu a verdade, então vou dá-la a você!

Close em meu rosto, então encaro a câmera.

— SOU GAY, SEUS PUTOS! — gritei, após uma pausa dramática.

De imediato, todos os meus amigos comemoraram e me envolveram em um abraço grupal. Não podia acreditar como tudo se encaixara tão perfeitamente. Não apenas ninguém se importou com o fato de eu ser gay, como todos surtaram. Quando contei a meus pais alguns dias depois, eles apenas disseram *Fofo. O que quer para o jantar?*

Agora que tinha o amor e o apoio de todos, meu objetivo seguinte era tocar um pênis. Sou o que se pode chamar de gay estrela de ouro — alguém que nunca se incomodou em dar um mergulho numa xoxota —, então é possível imaginar como, aos 17 anos, eu estava salivando com a oportunidade de me dar bem. Infelizmente, minha cidadezinha não pululava com orgulhosos adolescentes assumidos. Éramos apenas eu e um calouro chamado Julio, que sofria de um caso severo de acne cística e gostava de dançar ao som de Gwen Stefani no almoço.

Desesperado, procurei um velho amigo de infância há muito perdido, Dan, que sempre suspeitei ser um grande boiola, e disse *Oi, sou gay agora, então quer vir até aqui para uns amassos?* Apesar de jurar que não era gay, ele concordou em ir até minha casa no dia seguinte para uma sarrada. Porque, você sabe, era um bom amigo.

Quando Dan chegou, peguei sua mão e o levei ao meu quarto. Estávamos no meio da tarde, e o sol ainda se insinuava pela cortina. Não havia Sade tocando ao fundo, ou a escuridão da noite para esconder nossos corpos. Hoje, anos mais tarde, depois de muitas trepadas quimicamente induzidas às 4h, com uma trilha sonora retumbando do meu iPod, me dou conta de que minha primeira experiência foi, na verdade, bem íntima. Não havia desculpas. Nenhum álcool para culpar. Pela primeira vez, fui completamente honesto sobre o que queria.

Dan e eu começamos a nos beijar na cama. Depois de alguns momentos, ele teve que parar e me mostrar como beijar alguém sem fazer de sua boca um pote de Nutella. Assim que o tutorial do beijo terminou, abaixei sua cueca e me deparei com um pau tão grande que faria o pau de Ron Jeremy se inscrever em um workshop de autoestima.

— Seu pau é, hmm, bem grande, Dan. Tem noção disso?

Dan baixou o olhar com uma indiferença descuidada.

— Talvez, acho. Não é assim tão grande.

— Não... É grande. Não conheço muitos paus, mas sei que esse daí não está para brincadeira.

Ele deu de ombros.

— Ok. Fofo.

Examinei seu pau com cuidado, como se fosse a carne duvidosa da cantina. Queria enrolá-lo em meu pulso, como um relógio, ou ao menos cutucá-lo um pouco. Em vez disso, fiz o que qualquer George, o bicurioso faria. Caí de boca.

O primeiro boquete é assustador, mas chupar um pau destinado apenas a usuários avançados é um pesadelo legítimo. Eu não sabia controlar a ânsia de vômito. Nem sabia como franzir os lábios para evitar um acidente com meus dentes. Felizmente, adolescentes não são críticos muito severos quando o assunto é sexo oral.

Na maioria das vezes, se sentem tão felizes por ter uma boca ao redor do pênis que ficam quietos. Não vão interrompê-lo no meio para falar *Sabe de uma coisa? Antes que continue, tenho algumas dicas que gostaria de lhe dar.*

Depois de chupar Dan por um tempo, já começava a sentir o maxilar doer. Ele estava levando uma eternidade para gozar. Tinha certeza de que, assim que começasse a chegar a algum lugar, eu morderia acidentalmente seu pênis e voltaríamos à estaca zero. Enfim, joguei a toalha e decidi masturbá-lo.

Grande erro. Masturbar alguém é a iguaria menos apetitosa no menu da atividade sexual. Não conheço sequer uma pessoa que diga *Ai, meu Deus, sabe o que amo fazer com um cara? Amo cuspir na minha mão e esfregá-la desajeitadamente em seu pau por uns dez minutos. Sou, tipo, muito bom nisso.* Masturbar outra pessoa é como um emprego braçal mal remunerado. Fui demitido de vários, incluindo aquele com Dan. (Bem, tecnicamente, pedi demissão.) Precisei de apenas seis movimentos para me dar conta de que não havia encontrado meu talento sexual, então parei e educadamente sugeri que cada um cuidasse de si. Dan concordou, e, dez segundos depois, ambos gozamos em uníssono. Foi superfofo.

No momento que cheguei ao orgasmo e saí da névoa sexual, avisei a Dan que ele precisava ir embora. Não que eu estivesse envergonhado do que havia acabado de fazer. Pelo contrário, estava radiante. Tinha conseguido meu primeiro beijo, minha primeira patolada e meu primeiro boquete no mesmo dia. Matei três coelhos sexualmente frustrados com uma cajadada só.

Mas não sentia nada por Dan. Tinha sarrado alguém que, na essência, era um portal gay, alguém que me levaria a melhores perspectivas. Mas não havia sentimento. E mais: nem fodendo eu teria meu primeiro anal com um pau daquela magnitude.

Em vez de me concentrar em garotos, decidi passar os meses seguintes gastando a onda de viver pela primeira vez como sempre quis. Mas, então, algo surpreendente aconteceu: eu me apaixonei. Quando vi Charlie, um latino lindo de lábios carnudos, do outro lado da quadra da escola, pensei *Esse cara vai mudar minha vida*. Eu me apresentei a ele. Charlie vestia uma camiseta do Smiths customizada como regata e parecia saído de uma deliciosa fantasia gay.

— Amei sua camiseta — elogiei. — Qual sua música favorita do Smiths?

— Obrigado! É "Frankly, Mr. Shankly", com certeza.

— Ai, meu Deus! É a minha também! — menti. Na verdade, preferia "That Joke Isn't Funny Anymore", mas quem se importa? Teria dito que era fã de Nickelback se aquilo o fizesse gostar de mim.

Eu sabia que Charlie era gay. Não por suas roupas — embora uma camiseta do Smiths não fosse de todo mal —, mas porque senti. É uma sensação indescritível, uma que o invade quando se é jovem e cresceu em uma cidade com pessoas que não veem as coisas do mesmo jeito que você. Eu havia saído do armário com uma grande fanfarra, mas aquilo resolvera apenas metade do problema. Ainda não tinha encontrado alguém para fazer parte da minha tribo gay. Por isso, quando conheci Charlie, foi como se eu enxergasse tudo claro e queer pela primeira vez. Ele era a pasta de amendoim para minha geleia, o escolhido que me faria parecer menos esquisito.

Depois que nos separamos, meu corpo todo vibrava. Parecia que estava chapado e, de certo modo, estava. A onda mais poderosa é a que você experimenta quando é um adolescente prestes a se apaixonar. Não há nada igual.

Charlie e eu ficamos unidos por um pau platônico. Dormíamos na casa um do outro, dirigíamos até LA para assistir a shows e acendíamos fogueiras na praia. A vantagem de Charlie ainda não ter se assumido para a família é que podíamos dividir a cama sem que seus pais achassem que havia algo acontecendo. Quando o verão chegou, não era raro Charlie e eu passearmos pela cidade, conversando por horas. Isso sempre me encantou em relação aos jovens. Sua vida é tão enfadonha, e, ainda assim, o assunto não acaba.

Minha amizade com Charlie tinha apenas poucas semanas quando ele me confessou que era gay. Alguns de seus amigos sabiam, mas, para todos os demais, continuava no armário.

— Ainda planejo me casar com uma mulher e viver em uma casa com uma cerca branca e tudo mais — disse para mim, em seu quarto. Era meio-dia, mais ou menos a mesma hora em que Dan e eu havíamos nos pegado no mês anterior. — Vamos ver se rola.

Spoiler: nunca rolou. À medida que Charlie e eu nos tornávamos mais íntimos, nossas interações ganhavam cada vez mais carga sexual. Enfim, um dia, Charlie me perguntou no MSN se eu queria ser seu namorado. Meu estômago parou no pé. Ali estava um cara que era bonito, afetuoso e engraçado, e ele me queria? Equívoco.

O que se seguiu pareceu um filme gay sobre amadurecimento que você aluga On Demand. Charlie e eu passamos cada momento juntos, quase sempre na cama, aprendendo a conhecer nossos corpos. Éramos como dois cientistas, cutucando um ao outro e analisando: *Ok, o que acontece quando faço isso com você?* Eu prometi a mim mesmo que ia esperar até Charlie e eu estarmos realmente apaixonados para transar, o que, em escala de tempo adolescente, só levou duas semanas.

No entanto, havia uma questão quanto a perder minha virgindade: eu não sabia coisa alguma sobre sexo anal. Minha escola episcopal chique deixou esse detalhe de fora nas aulas de educação sexual. Então fui até a Barnes & Noble mais próxima e comprei um livro intitulado *Anal Pleasure and Health* e li todos os capítulos, estudei as figuras e tomei notas.

— Charlie, você precisa ler o livro que acabei de comprar. É a bíblia do anal! — gritei.

Charlie deu uma olhada no livro e fez uma careta.

— Amor, acho que você tem assistido a muito *Sex and the City*. Não podemos só tentar e ver no que dá?

Não tinha como argumentar contra aquilo. Dez minutos depois, eu estava de bruços e pronto. (Tentei encolher as pernas para cima, mas, hmm, não funcionou muito bem. Coisas da paralisia cerebral!)

— Ok, me avise quando começar a enfiar — pedi.
— Claro.

Alguns segundos se passaram antes que eu urrasse de dor.

— Charlie, pedi que me avisasse quando começasse a enfiar!

— Ryan, literalmente só rocei meu pau em você.

— Ah, merda. Ok, então mais devagar, por favor.

— Tá bom. — Agitado, Charlie recomeçou, me penetrando com delicadeza. — Tudo bem?

— Claro! — guinchei. A verdade é que parecia que tinham enfiado uma bola de boliche em meu rabo. Ter um pau no cu, por mais maravilhoso que seja, com toda aquela dancinha da felicidade de sua próstata, é estranho. Não há como descrever. A coisa é tão antinatural que, em parte, é um dos motivos para tanto tesão no sexo anal. Quando deixa um cara te foder, você imediatamente se sente ligado a ele, já que é um ato tão intenso. Quero dizer, você está deixando alguém entrar na sua bunda. Às vezes penetram tão fundo que parece que o pau vai sair pelo seu estômago, como aquele pequeno bebê de *Alien*! Uma loucura. E se você é como eu e não pratica anal com muita frequência, provavelmente seu cu é mais apertado que a porta do Studio 54. Cus apertadinhos são bons para ativos, não para passivos.

Então ali estávamos: Charlie enfiando seu salsichão pelo buraco da minha fechadura, e eu começando a gostar. Ainda estava de bruços, sentindo dor, mas começava a experimentar alguns flashes de prazer que jamais vivenciara. É difícil sequer descrever. Há muitos gemidos involuntários. Enquanto sou fodido, do nada minha boca começa a se contorcer, e esse soluço animalesco escapa dos meus lábios. *Como aquele som saiu de mim sem aviso? Foi maneiro!*, fico pensando depois.

Eu estava pegando o jeito daquele lance de sexo anal. Depois de meia hora de foda, fui de uma sensação de estranhamento e vulnerabilidade a lésbica plena, que queria gritar as músicas de Ani DiFranco durante o sexo. A cada estocada, eu pensava *Ok, então decididamente vamos nos casar. Mas onde? Talvez em um vinhedo em Napa, ou em uma praia em Provincetown, embora odeie a ideia de obrigar nossas famílias a viajar para tão longe. E, depois da cerimônia, vamos contratar uma barriga de aluguel para ter nossos bebês birraciais. Um deles vai se chamar Donovan e tocar clarinete. Vamos rezar para que seja gay como os pais!*

Quando estava prestes a gritar *Ai, meu Deus, você é o melhor. Coloque logo uma aliança no meu dedo!*, senti um cheiro estranho, desagradável, de algo que você nunca deveria sentir durante o sexo.

— Charlie, está sentindo esse cheiro? — perguntei, me virando de leve até vê-lo arremetendo contra mim, encharcado de suor.

— O quê? — arfou. — Não.

— Ok... — Continuei ali, deitado de bruços, e fingi que o que eu temia que estivesse acontecendo era apenas um delírio da minha imaginação. Mas então, conforme o tempo passava, o fedor aumentou. Não havia mais como negar. O que eu sentia era o cheiro da minha merda no pau de Charlie.

Na verdade, ninguém fala sobre como é comum um pouco de merda escapar do seu rabo durante o sexo anal. Afinal, esse é o motivo pelo qual homens gays fazem chuca. Mas eu não sabia disso naquela época. Achei que fosse a primeira pessoa na história a cagar no namorado.

— Charlie, pare! Acho que estou cagando!

Charlie, na primeira fila do show do meu rabo, já sabia o que estava acontecendo e pouco se importou.

— Estou quase lá — avisou. — Não se preocupe. Aguente firme!

— Não, por favor! — implorei. — Vamos parar. Estou surtando!

— Não é nada de mais. Só um segundo.

Depois de dois agonizantes minutos, Charlie enfim gozou, e eu me desvencilhei dele para correr até o banheiro. Lá se ia o meigo abraço pós-coito. Eu tinha merda pelo corpo e precisava limpar. Em geral, as pessoas se olham no espelho depois da primeira transa em busca de alguma diferença, e, no meu caso, havia. Minha inédita expressão de puro pânico e os borrões de merda na perna. Charlie manteve a calma todo o tempo, o que era tanto uma bênção quanto uma vergonha. No dia seguinte, busquei "sexo anal cocô" e descobri que eu não era uma aberração com síndrome do intestino irritável. As pessoas cagam em seus parceiros durante o sexo anal desde tempos imemoriais. Ufa. Bom saber.

Apesar do começo, hmm, de merda, Charlie e eu continuamos a transar sem maiores incidentes. Era lindo. Era especial. Às vezes, era muito intenso. E o sexo nunca mais seria assim. Não é uma coisa boa ou ruim. Apenas a verdade.

Pouco antes de eu partir para a faculdade, em São Francisco, Charlie e eu terminamos. Por mais triste que fosse estar solteiro de novo, deixei minha cidadezinha certo de que estava prestes a me afogar em paus. Se conseguia trepar na taciturna República Heterossexual de Ventura, imagine as possibilidades que me aguardavam na versátil e liberal cidade de SF!

No fim, as únicas coisas me esperando na universidade eram um sobrepeso de cinco quilos e um longo período de celibato. Morei em São Francisco por dois anos sem nem sequer beijar um garoto. Sabe a máxima de que gays se divertem mais? Bem, quando você se assume e ganha o apoio da família e dos amigos, organiza uma festa lacradora e se apaixona em menos de um ano, ser gay só piora. É ladeira abaixo.

Piora quando você peneira os perfis de aplicativo e descobre que a maioria dos caras só se interessa por gays que não "dão pinta"; em tradução livre: *Não quero sair com uma travesti*. Ah, quanta misoginia. Aos garotos que não querem que seus amantes ajam de maneira feminina, sugiro que passem o tempo embebedando garotos de fraternidade e os bolinando. É o que realmente querem, certo? Um sujeito enorme, chamado Bob, que vai ignorá-lo depois que você pagar um boquete?

Piora quando se espera que você tenha um interesse sagrado nas vidas e carreiras de Beyoncé e Lady

Gaga. Extra, extra: na verdade, quase não escuto nenhuma música dessas senhoritas. Coloco "Drunk in Love" para tocar quando estou em coma alcoólico e quero chutar o pau da barraca, mas estou mais interessado em músicas de cortar os pulsos. É uma preferência pessoal. Só porque fui geneticamente programado para amar paus, não quer dizer que meu corpo se move involuntariamente ao som de *dance music*.

Piora se você é gordo, feio ou baixo. Na verdade, estou brincando quanto ao lance da altura, porque, ao que parece, 75% da população gay tem menos de 1,70 metro. Aliás, qual é o lance? Estão fazendo gays menores hoje em dia? É uma possibilidade.

Piora quando você quer uma relação monogâmica estável. Essa é a linha de raciocínio da maioria dos homens gays quando o assunto é relacionamento: *Droga, quero um namorado. Odeio ser solteiro! Só queria morar com um sujeito bacana e comprar um cachorro e ser igual àqueles casais gays que dão jantares e essas merdas. Ah, espere... não posso, porque tenho fobia de intimidade e sinto o impulso de jogá-los para fora da cama antes que tenham tempo de me adicionar no Facebook!* Os gays com sorte de estar em um relacionamento monogâmico estável se destacam como deuses dourados. Imaginamos como eles conseguiram e *rezamos* para sermos convidados para o próximo jantar.

Piora por causa dos gays enrustidos. Quando dei os primeiros passos rumo a minha jornada gay, era ingênuo o bastante para mexer com paus héteros, porque julgava ser divertido e sexualmente desafiador.

Grande erro. Nunca é engraçado ficar com alguém que ainda não tem certeza do que quer. Deus o livre de se apaixonar por um deles. Você vai perder um precioso tempo tentando conquistá-los. A última vez que me envolvi com um cara hétero, ele chorou e me fez prometer que jamais contaria a alguém. Foi então que decidi que já era hora de só ficar com garotos bem resolvidos, que não choravam depois de um boquete.

Piora quando você não vive em LA, São Francisco ou Nova York. Eu fui bastante afortunado por poder viver em minha bolha geográfica liberal desde que me formei no ensino médio, mas muitos gays não são tão sortudos assim. Nem todo gay pode namorar em frente a um quiosque de falafel a uma da manhã. A única razão para eu conseguir fazer isso é que gasto horrores de aluguel. Sempre que estou de amasso com outro homem em público e fico um pouco nervoso, apenas penso *Que se foda, Ryan. Você paga um bom dinheiro para poder pegar desconhecidos onde bem entender*.

Piora quando você conversa com um hétero e vê as engrenagens de seu cérebro girando. Finalmente, ele olha para você e dispara um *Sabe, você é bem legal para um gay*. E então você deve encarar isso como um elogio, muito embora ele tenha acabado de insultá-lo.

Piora quando você entra em um bar gay e é encarado com arrogância por caras que são um pouquinho mais bonitos. Tipo, eles são ligeiramente mais magros, ligeiramente mais deslumbrantes, e agora você só quer se encolher em uma bola de pijama e pornografia virtual em vez de tentar convencer alguém de que é bom de cama.

Piora quando você não malha. Homens gays teoricamente já nascem com duas coisas: um pênis gigante e abdômen sarado. Se não tivermos uma ou ambas as coisas, pode nos encontrar bêbados em algum bar, amontoados em solidariedade gay a nossos corpos e paus medíocres.

Não há como evitar: ser gay é esquisito. Ser gay é difícil. Não é tudo fabuloso e chique e boquetes. Às vezes sinto como se tivesse dois empregos: Ryan, o escritor, e Ryan, o homossexual. E adivinhe? Nenhum deles tem plano de saúde. Existe uma imensa pressão para se encaixar nos padrões gays vigentes. Existem os "gays bons" e os "gays maus"; pessoas que se destacam no papel de homem gay e aquelas que devem ser demitidas imediatamente. Quem fez as regras? A televisão... dã! Crescer com personagens como Jack McFarland, de *Will & Grace,* e reality shows como *Queer Eye for the Straight Guy* nos ensinou como ser o tipo de gay aceito pela sociedade, e agora estamos lidando com as consequências: garotas que querem ser nossas amigas pelo hype, dizendo coisas como *Argh, preciso de um melhor amigo gay. Me diga que sou bonita. Me diga que estou gorda. Vamos nos pegar!*

Além de sermos tratados como o acessório mais cobiçado do ano pelas mulheres, também somos bombardeados por adolescentes gays com uma aparência deplorável chorando na TV sobre como é "maravilhoso" sair do armário. Também temos as celebridades que dizem que tudo vai melhorar um dia. E, para alguns, elas estão certas. O menino gay que sofria bullying em Iowa com certeza vai se formar no ensino médio, então se mudar para uma metrópole onde pode ser ele mesmo e formar a própria família gay feliz. Eventualmente vai arrumar um cachorro, um namorado, um bar gay favorito, e pronto.

Mas algumas dessas coisas parecem besteira. Você não pode prender um laço em um pacote bonito e tentar passá-lo como homossexualidade. A verdade é que ser gay é complicado. Você pode estar aqui, você pode ser queer, mas também pode ter problemas ao lidar com isso. Até mesmo o mais orgulhoso dos homens gays pode nutrir uma certa aversão por si mesmo.

Descobrir quem você é enquanto gay e a que grupo pertence é o enigma fundamental. Você é uma coisinha magrinha e delicada que pode ser atirada pelo quarto? Parabéns, você é um twinkie! É grande e cabeludo? Deve ser um ursão! O urso em treinamento é um filhote, o que significa que, por causa da idade, não é nem tão grande, nem tão cabeludo quanto um urso tradicional. O leather daddy é um homo geralmente mais velho, que... bem, que gosta de usar couro. E um furry é... algo que ninguém precisa descobrir do que se trata.

Jesus. O que houve com um simples magro ou gordo? Inventamos rótulos para cada tipo de corpo para que assim possamos identificar, com rapidez e precisão, no que estamos nos metendo, e então nos apoderar de suas subculturas. Temos twinkies que fodem filhotes, que fodem ursos, que fodem daddies. É exaustivo acompanhar. *Sou ativo e tenho uma queda por dominação e esportes aquáticos com gays enrustidos submissos de pênis não circuncidados.* Hmm, e que tal *Sou um cara legal, procurando outro cara legal com quem envelhecer e, com sorte, não morrer sozinho?* Não? Muito impreciso?

Era de se imaginar que, com tantos tipos de homens gays, eu teria encontrado um com deficiência em algum momento, mas não aconteceu. Sei que existem porque, se pesquisar "aleijado queer" (não é uma gangue, apesar de que seria incrível caso fosse) no Google, aparecem vários fóruns de homens gays com paralisia, ou qualquer outro tipo de doença, que estão procurando por conexão. Eu me sinto estranho ao observar suas fotos, como se tivesse encontrado minha tribo e não sentisse a menor afinidade. É aquela sensação de que não sou deficiente o bastante para me identificar com outras pessoas que têm alguma imperfeição, mas também não sou "normal" o suficiente para parecer alguém saudável. Se me relacionar com gays deficientes, vou me achar funcional. Entretanto, se passar tempo com gays sem qualquer problema, me sinto um troncho. Quando me mudei para São Francisco, fiquei desconfortável de me relacionar com outros gays por razões além da minha deficiência. Eu me preocupava de acharem que eu estava fazendo um péssimo trabalho como gay. Como não estava transando ou malhando ou dançando em um clube com minha família homossexual feliz, eu devia ser um bosta.

Nada me fez sentir mais fracassado que o fato de não fazer sexo. Eu tinha a ideia fixa de que todos viviam uma fabulosa existência gay, exceto eu. Eu estava ouvindo *indie rock* na cama enquanto todo mundo conseguia múltiplos boquetes em alguma festa gay elitista. Onde estava meu convite? Nem mesmo sabia se queria ir, só queria me sentir incluído.

Se você passa muito tempo sem intimidade, começa a temê-la. É um ciclo vicioso. Você fica sem transar até o ponto em que se torna um conceito assustador, então se afasta. Sexo anal, em particular, é um ato muito íntimo. Na minha opinião, meu cu é reservado apenas para VIPs. Do contrário, o sexo parece invasivo e barato. Sei de homens que caem de quatro por qualquer um ou qualquer coisa — vegetal, animal, mineral —, e fico pasmo. Parte de mim os chama de vagabundos por pura insegurança, e a outra parte os inveja por não procurarem significados ocultos em cada gesto, como eu. Deve ser bacana conseguir parar de pensar por um momento e só agir.

Por isso ser gay é gay para mim. Vejo tantos homens caindo na cama uns dos outros, formando seus grupos gays e indo a brunches gays, e eu preso na terra da análise paralítica, pensando demais para fazer parte disso. Não quero ser promíscuo. Sinto as coisas com muita intensidade, então seria péssimo para mim, mas preciso encontrar o equilíbrio e assim não ter a impressão de que estou desperdiçando minha juventude por conta do medo.

Sempre pensei que eu era especial porque tinha um conjunto único de dificuldades (*SOU O ÚNICO GAY ALEIJADO QUE JÁ EXISTIU!*), mas o fato é que cada cara gay está reconciliando sua imagem perante a sociedade com quem realmente é. Sou um gay com paralisia cerebral. E daí? Há um batalhão de gays que se sentem inadequados.

Foi como uma revelação. Talvez a mais importante lição que eu poderia ter ensinado a mim mesmo. Certamente, entender isso foi a única coisa que me libertou das minhas neuroses e me fez, de fato, feliz.

Eu não sou especial.

ENCONTRAR (E PERDER) O AMOR EM UM MAR DE *LIKES*

SE SER gay me deu o primeiro indício de que eu não era especial, então namorar fez eu me sentir basicamente uma biba sem um lugar ao sol. O caso em questão: recentemente, um garoto por quem eu nutria sentimentos me escreveu uma carta de próprio punho. Tinha quatro páginas, escritas num papel branco impecável que estalava como folhas secas. Li cada linha na esperança de que contivesse uma apaixonada declaração de amor; em vez disso, ganhei o oposto. Ao final da terceira página, ele escreveu *Desculpe não poder amá-lo*.

Bem no fundo, eu já sabia. Havíamos passado os últimos meses juntos, e, toda vez que o deixava, tinha a nítida impressão de que aquilo acabaria em lágrimas. Não sou vidente. Apenas percebo as coisas.

Todos percebemos. As pessoas não nos devem nada; podem entrar de repente em nossas vidas, nos fazer sentir esperançosos e amados, então desaparecer sem nenhuma explicação ou desculpa. É como as coisas são agora. Há tantos novos e excitantes meios de ser rejeitado: deslizado para a esquerda no Tinder, amizade desfeita no Facebook, ignorado no OkCupid. Somos incapazes de ser amados? Não, mas medimos nosso valor pela rapidez da resposta do crush, e, quando não somos retribuídos, automaticamente presumimos que vamos morrer sozinhos.

Para compensar esse constante medo de rejeição, faço o mesmo que todo mundo: procuro aprovação, terceirizando minha autoestima para a internet e outros apps. Tiro selfies até conseguir uma foto em que pareça quase atraente. Em seguida, aplico um filtro que, graciosamente, eleva minha aparência de uma nota cinco ou seis para oito. Ao postar a selfie, estou perguntando ao mundo *Sou atraente? Você consegue entender quando alguém toma a decisão de me amar?* Observo ofegante enquanto os *likes* se juntam como formigas, me brindando com sua aprovação tácita. Porém um *like* não mais me contenta. Preciso que alguém digite *Divo!* ou *Uau! Que gato!* para me sentir completamente satisfeito.

Depois de postar a selfie, vou pensar em algo espirituoso para tuitar. Selfies no Instagram têm a função de fazê-lo parecer bonito, ao passo que o Twitter foi concebido para validar sua inteligência. Por isso você segue modelos gostosas no Instagram e comediantes desleixados no Twitter. É uma separação necessária de massa muscular e cinzenta. Após minutos matutando algo brilhante, solto para o universo, como um pai orgulhoso vendo o filho se formar. Testemunhar um retuíte me invade com uma explosão de alegria que some tão rápido quanto surgiu.

Quando vou para a cama, faço a última parada em minha Jornada da Aprovação: abrir apps de paquera gays, como Grindr, SCRUFF e GROWLr — um tipo de Grindr, mas para pessoas peludas e roliças. No Grindr e no SCRUFF, sou completamente invisível, afogado por um mar de tanquinhos e físicos esculpidos, mas, no GROWLr, sou praticamente a porra do Ryan Gosling. Meu tipo físico é o ideal para ursos: macio no meio, peludo, mas ainda esbelto, como a maioria dos novinhos. No segundo que faço login, sou inundado por mensagens de homens querendo um encontro ou trocar fotos. Se acho um deles atraente, libero o acesso a minhas fotografias privadas, que incluem uma foto de cueca. O cara vai, então, responder com um *SEXY* ou um *UAUUUU*, antes de permitir que eu veja suas fotos íntimas. Dou uma olhada nas imagens e, se gostar do que vir, vou avisá-lo enquanto começo a me masturbar. Em seguida, o cara vai insistir em um encontro, mas jamais concordo. Para mim, aquilo é apenas pornografia gratuita. Observo fotos eróticas de um homem que mora a apenas meio metro de mim e, em vez de encontrá-lo pessoalmente, gozo sozinho na cama. Tenho zero interesse em uma interação real, porque sei que, assim que acabar, vou me odiar.

Certa vez, me encontrei com um homem do GROWLr. Havia acabado de instalar o app e me sentia especialmente aventureiro. Sempre peguei homens varapau, então a perspectiva de sair com alguém grande e grosso me excitava. Após estar logado por apenas um instante, esse homem me mandou uma mensagem que dizia *Oi, gatinho...*

Dei uma olhada em sua foto de perfil. O rosto não era lá essas coisas, mas o corpo, praticamente nu, era impecável.

"Qual é a boa?", respondi.

"Nada. Só fazendo umas coisas, voltando para meu apartamento."

"Legal. Onde você está?"

"Curson com Sunset."

Cego pelo desejo, dei a ele meu endereço e pedi que fosse me encontrar. Em poucos minutos, ele estava a minha porta. Foi tão estranho. Todo o processo lembrava um delivery de pizza.

O homem olhou para mim e sorriu.

— Em geral, não sou tão rápido. — Ele tinha uma voz mais suave do que eu imaginara. Você acredita que todo homem grande e robusto vá soar gutural (daí o nome GROWLr), mas, às vezes, parecem uma flor delicada. Apostando na vibe vadia-agressiva, agarrei seu rosto e comecei a beijá-lo. Sua língua invadiu minha boca e me lembrou uma salamandra asquerosa, mas tentei ignorá-la. Naquele momento, estava empenhado em interpretar o papel de alguém que podia lidar com encontros sexuais vazios.

Los Angeles estava no meio de uma onda de calor, então nós dois acabamos encharcados depois de poucos minutos de pegação. Para nos refrescar, fazíamos intervalos e forçávamos uma conversa. Amasso, muito calor, perguntas sobre como o outro passou o dia. Meu instinto me dizia que esse desconhecido era legal, mas um pouco deprimido. Tinha trinta e muitos anos e não parava de repetir como todos os seus amigos haviam casado e tido filhos.

— Passo muito tempo sozinho — confessou. — Uso os sites de relacionamento para encontrar amigos, mas todo mundo me deixa na mão depois da primeira ficada.

Meu desejo de conseguir um encontro sexual superficial não estava dando frutos. Quanto mais conversávamos, mais humano ele parecia. Eventualmente, paramos completamente de nos pegar. Quando ele foi embora, me deu um beijo de despedida e sugeriu de nos encontrarmos de novo. Menti e disse que sim. Alguns dias mais tarde, ele me mandou uma mensagem pelo GROWLr, só que dessa vez não respondi. Ali estava eu, mais uma pessoa que o deixava na mão. Ali estava ele, mais uma pessoa para eu esquecer.

No ensino médio e na faculdade, jamais precisei da internet para minha dose de sexo, porque eu saía com garotos reais, de carne e osso, que passavam a noite em meu apartamento, tomavam café comigo pela manhã e conheciam meus amigos e minha história. Garotos que, aos meus olhos, tentaram mesmo me amar, mas não foram capazes porque eu resisti o tempo todo.

Um desses garotos se chamava Corey. Nós nos conhecemos em meu último ano de faculdade, em um jantar na casa de um amigo. (Um jantar na faculdade; m.q. beber vinho barato em vez de vodca enquanto alguém tenta fazer uma salada de couve vestido em um robe de bolinhas sofisticado.) Corey chegou atrasado, encharcado de suor, depois de ter pedalado desde a Williamsburg Bridge. Eu já havia stalkeado seu Facebook e o achava fofo.

Naquela noite, todos ficamos muito, muito bêbados, e Corey e eu acabamos nos beijando no corredor do apartamento. Eu me convenci de que gostava dele. Estava tentando esse lance no qual, às vezes, algumas pessoas embarcam: enganar a si mesmas para se sentirem parte de algo maior. Em nosso primeiro encontro, ficamos chapados e assistimos a uma sessão de *O Iluminado* à meia-noite. Depois, ele me acompanhou até minha casa, e nos beijamos até nossas bocas ficarem dormentes.

— Estou obcecado por Corey — confessei a minha amiga Alex no almoço do dia seguinte, no East Village.

Alex franziu o nariz, como se tivesse cheirado algo podre.

— Amigo, tem certeza? Ele está se formando em urbanismo e gosta de coisas tipo agricultura orgânica sustentável. Não acho que vocês tenham muito em comum.

— Isso não importa — protestei, apunhalando a alface com o garfo. — Ele é fofo, inteligente e engraçado. Estou com um bom pressentimento!

Corey e eu passamos a semana seguinte a nosso primeiro encontro trocando mensagens atrevidas e sem sentido. Enquanto isso, comecei a projetar todas as minhas fantasias nele. Na minha mente, Corey era o homem dos sonhos. Tinha todas as qualidades que uma pessoa procura no parceiro. Quero dizer, eu achava que tinha. Na verdade, não sabia, porque havia acabado de conhecê-lo, mas era um bom palpite!

Depois de algumas mensagens e divertidas risadas, Corey me convidou para uma festa no *rooftop* de seu apartamento, em Bunwick. Em êxtase, respondi com um indiferente *Claro, parece legal*, e logo comecei a planejar a noite em minha mente. Eu ia chegar com uma boa garrafa de vinho ($12), vestindo shorts que deixassem meu pau literalmente à mão, e, em vez de passar todo o tempo conversando com Corey, daria atenção a seus amigos e os faria cair de amores por mim. Então, quando a festa começasse a perder a graça, eu entraria em cena e daria o bote.

Infelizmente, as coisas não aconteceram bem como eu imaginava. Quando cheguei ao telhado de Corey, ele estava viajando no cogumelo (indelicado!) e me confundiu com um globo de neve. Cogitei mandar um *Hmm, Corey? Se lembra de mim? Seu futuro namorado?*, mas era óbvio que ele estava doidão. Frustrado e meio bêbado, enfim segurei Corey pelo braço e o fiz me levar até seu quarto, no andar de baixo.

— Pois é, então. Estou indo, mas obrigado por me convidar — me despedi com entusiasmo, esfregando seu braço.

— Ah, ok. — Corey me encarou com um sorriso preguiçoso no rosto.

Suspirei, irritado, e me virei para ir embora, mas então Corey me agarrou e me envolveu em um abraço de urso. Ficamos parados em seu quarto por quase um minuto, sua cabeça enterrada em meu peito, nossos membros languidamente entrelaçados. A brisa fresca do outono soprou em nossos pescoços, fazendo cócegas enquanto eu acariciava as costas de Corey com movimentos circulares. Seu cabelo era um emaranhado de suor, e ele cheirava como uma lata de lixo, mas pouco me importava.

Puta merda, pensei, *amo amar homens.*

Depois daquela noite, soube que tinha conquistado Corey. Eu o queria como namorado, e agora ele era. Não me ocorreu, até poucas semanas de relacionamento, que tínhamos menos que zero coisas em comum. Ops!

Corey e eu namoramos por quatro, talvez cinco meses, mas o tempo todo me senti como se estivesse sendo avaliado. *Ryan, vamos ver se você consegue convidar alguém para dormir em seu apartamento três noites na semana sem surtar. Ryan, vamos ver se consegue ir à ópera com esse homem e encontrar os amigos e o cachorro dele.* Toda vez que realizava uma tarefa, eu me dava um tapinha nas costas. Toda vez que falhava (jamais passei uma noite no apartamento de Corey, por exemplo), me sentia um ser humano defeituoso.

Meu relacionamento com Corey — e qualquer outro garoto que namorei naquela época — nunca tinha a ver com *ele*. Sempre comigo. Eu era profundamente inseguro e narcisista, uma combinação letal para quem busca um relacionamento de verdade. Ficar com esses garotos era uma maneira de testar se alguém poderia, de fato, me amar apesar das minhas limitações. E quando me dava conta de que era possível e meu tanque de autoestima estava abastecido, eu sabotava a relação e me livrava deles. Admito, eu teria me importado mais com Corey se tivéssemos algo em comum. Mas encontrar um cara com quem fosse compatível era sempre um reflexo tardio. Só precisava de alguém, qualquer um, para o sexo. Eu carecia de todas as qualidades necessárias para manter uma relação profunda: abnegação, desejo e a capacidade de compromisso. Percebi isso depois que me formei, mas, então, parecia tarde demais. Namorar depois da universidade é como se aventurar no Velho Oeste. Deixar o narcisismo de lado e amadurecer não vão lhe garantir um relacionamento; nem mesmo uma mensagem.

Existem dez mil regras ensinando aos Millennials como namorar, muitas contraditórias e sem sentido. Seguem as que todos obedecem:

1. **Saiba como escrever boas mensagens.** A definição de um bom redator de mensagens é alguém que sabe a diferença entre enviar um *Okay!* e um *OK*, e que nunca se atreveria a enviar algo ousado sem antes consultar um time de especialistas. Tome a seguinte linha de raciocínio como referência: "Se eu mandar essa

mensagem dizendo *Me avise quando quiser sair de novo* para um cara com quem acabei de sair, fica muito vago? Talvez eu devesse ser mais assertivo e apenas mandar um *Vamos sair qualquer hora dessas. Como está sua agenda?* Isso o forçaria a responder, certo?" Cada palavra, gramática e escolha de pontuação significa algo. Passamos mais tempo compondo o Texto Perfeito que trabalhando em nossos currículos.

2. **Uma ligação é a principal causa indutora de terror em pessoas de vinte e poucos anos.** É melhor não ligar para seu interesse amoroso, a menos que esteja morrendo... E, mesmo assim, essa ainda é uma situação controversa. Quero dizer, você acha que está *mesmo* morrendo? Caso esteja, vale mesmo a pena arriscar algo que pode se tornar especial com uma ligação humano-humano? As pessoas preferem mandar mensagens para um ex, comer vidro e se autoproclamar hipsters a digitar números em um telefone, a ponte para a voz de outra pessoa.

3. **Até conversarem sobre exclusividade, você deve assumir que a pessoa com quem está saindo ainda dorme com outras pessoas.** Mesmo que não seja verdade, a vida com expectativas mais baixas evita decepções. Antigamente, uma pessoa era considerada um cavalheiro se abrisse a porta para você ou lhe pagasse o

jantar. Hoje, já é cavalheiresco se alguém não lhe passar a DST da pessoa que está comendo por fora.

4. **NÃO SE DESESPERE.** Se descobrir que você não é lá muito fã de morrer sozinho e que quer encontrar um parceiro de vida, seu crush vai achar que você é um psicopata carente, então vá com calma. Primeiro, abra os canais de comunicação com um pouco de Gchat; faça reflexões divertidas ao longo do dia. Encare os Gchats como minipatoladas, um aquecimento para o grande evento. Depois disso, você avança para a criação de piadas internas, que dão a ilusão de que são íntimos. Quando fizer isso, no entanto, se assegure de que seu crush *entenda* a piada interna. Não pode simplesmente digitar algo absurdo como *Ok, CAGÃO. Ha ha!* fora de contexto. O último passo é trocar músicas favoritas/clipes do YouTube. Quando chega a esse ponto, vocês estão praticamente trepando pela tela de seus MacBook Pros. Nem precisam se encontrar pessoalmente se não quiserem!

5. **Certifique-se de que sua persona virtual seja de alto nível.** Se der seu nome para alguém, a primeira coisa que vão fazer é procurar a porra toda no Google. TODO MUNDO é uma Nancy Drew, detetive da internet. Então se assegure de que seu Facebook e Twitter não se tornem

um constrangimento colossal. Seja minimalista, não um superpostador. Limite seu álbum de fotos do Facebook a fotos de perfil e resista à tentação de legendá-las com *Almoço com os amigos* ou *Esquiando em Mammoth! Gratidão!* Parceiros em potencial não precisam saber tudo sobre você antes mesmo do primeiro encontro. Também vale destacar: não seja aquela pessoa que atualiza o status no Facebook para *em um relacionamento sério com fulano e sicrano*. É informação desnecessária, além de brega, e não vai ser nada divertido quando você tiver que alterar para *solteiro*, se algum dia se separar. Não só vai estar preso em uma redoma com um coração partido, como também vai precisar administrar comentários de pessoas que mal conhece dizendo *Ai, meu Deus, o que aconteceu, menina? ME LIGUE AGORA!*

Essas regras transbordam autossabotagem, não? Criamos uma cultura de namoro na qual jamais confessamos o que sentimos de verdade. Deus nos livre de admitir o desejo de estar com alguém e de ligar para a pessoa em vez de passar seis horas esperando que ela responda nossa mensagem. Vivemos em constante medo de sermos nós mesmos. Mesmo quando me sinto à vontade com alguém, fico paranoico de que minha loucura possa transparecer, e assim leve um pé na bunda. A coisa toda é exaustiva. E para quê? As pessoas com quem namoramos quando somos jovens em geral são horríveis. Não merecem nossa obsessão, lágrimas e neuroses! Se você tem vinte anos, é provável que tenha se envolvido com uma (ou todas) dessas pessoas terríveis:

O HOMEM-CRIANÇA DE 35 ANOS COM UM MEGAPAU

Em geral, o homem-criança é bem atraente e usa muita flanela e sapatos inapropriados para a idade. Você jamais diria que ele tem 35 anos (e acaba de se divorciar de uma colega artista chamada Ursula), mas as olheiras acabam o denunciando. Um homem-criança precisa namorar com pessoas uma (ou duas) décadas mais jovens, porque qualquer mulher de sua idade fugiria correndo. Mas certas garotas adoram namorá-lo, porque se dizem atraídas por homens criativos. Entretanto, as verdadeiras razões têm a ver com o desejo de irritar os pais bem-sucedidos e fazer tanto sexo incrível quanto humanamente possível. Essa é a coisa boa de se namorar um homem-criança: são ótimos de cama e seus paus são incomensuráveis, o que faz total sentido, porque só alguém com uma tromba à la Dirk Diggler pode ser tão imaturo e inútil e ainda assim se safar. Lembre-se: um pênis grande não paga o aluguel. Geralmente.

A PESSOA COM QUEM VOCÊ ACIDENTALMENTE NAMORA POR QUATRO MESES, APENAS PORQUE ESTAVA FRIO LÁ FORA

Já se sentiu tão entediado que acabou namorando um cara sem querer... por quatro meses? Você não tem muita certeza de como aconteceu — você só pretendia ficar com ele algumas vezes —, mas de repente os dois estão aconchegados e observando juntos a neve cair pela janela. Você se pergunta *Como isso aconteceu? Fui preguiçoso a ponto de usar um corpo humano em vez de comprar um novo casaco para esse inverno?* A resposta é sim, seu mané. Mas só é possível ficar sério com alguém por um tempo determinado. Chega um ponto em que precisam se tornar exclusivos ou se livrar um do outro completamente. Pela minha experiência, em geral leva quatro meses até você decidir se quer entrar na primavera com essa pessoa.

O FDP PSICÓTICO

O FDP psicótico é meio como Glenn Close em *Atração Fatal*, mas definitivamente pior, porque ele ou ela é capaz de mandar mensagens. Namorar alguém instável não é apenas uma dor de cabeça; é coisa de amador. Em geral, as pessoas sabem evitá-los depois do primeiro ou segundo relacionamento. É melhor vivenciar os altos e baixos quando você ainda não sabe quem é ou o que quer e quando ainda tem energia para lutar. Não posso imaginar me relacionar com um FDP psicótico hoje em dia. Mal tenho ânimo para passar minha pomada de psoríase, quanto mais para validar os sentimentos de alguém a cada cinco segundos.

O CHAPADO

É praticamente a vontade de Deus que, em algum momento de nossas vidas, acabemos sentados no apartamento de alguém, observando um bong ser passado de mão em mão enquanto assistimos a *Uma Família da Pesada*. Como pessoas chapadas trepam com tanta frequência? São tão bizarras e preguiçosas e, ainda assim, estão sempre cheirando a sexo. Não entendo. Será que preciso falar mais sobre o estranho formato do Cheetos para conseguir sexo?

A PESSOA COM QUEM VOCÊ NAMORA NA FACULDADE E QUE É SUA RUÍNA

Namorar na universidade é como viver em um mundo de sonhos. Vocês não se largam um minuto e pensam seriamente em morar juntos. Ele parece ser o cara, só que — ops! — não. Depois da formatura, o relacionamento não sobrevive à vida real, e você está preso a alguém que parece um aperitivo sem graça, servido para entretê-lo antes do prato principal. Eventualmente terminam, e você passa a maior parte da segunda década de sua vida tentando esquecê-lo.

A PESSOA QUE VOCÊ TEM VERGONHA DE NAMORAR... ENTÃO DESDENHA E TORCE PARA QUE NINGUÉM DESCUBRA

Ele é só um amigo! Não estamos namorando! Jamais namoraria com ele. Quero dizer, sério? Corta para dali a dez minutos, quando seus amigos vão embora e você liga para o Crush da Vergonha e o convida para sua casa, pedindo que traga os nachos. Todo mundo dorme com alguém que hesita em apresentar aos amigos. A melhor coisa que você pode fazer quando está se relacionando com alguém de quem tem vergonha é dizer aos amigos *Então, gente, estou meio que com esse cara, mas só até minha depressão e/ou tédio passar. Apenas me apoiem até eu me sentir normal o bastante para dar um pé na bunda dele.*

O CARA LEGAL

Não estou falando do tipo de pessoa amável e genuína. Mas sim do cara que não tem outra qualidade visível que não ser legal. Ele é uma grande casquinha de sorvete de baunilha, e você, o sol que o está derretendo e transformando em uma poça. Caras legais o transformam em uma pessoa malvada, um bully, uma pessoa que aponta falhas, porque é preciso que alguém na relação não pareça um cego apaixonado. Caras legais não enxergam você por uma lente crítica; amam profunda e estupidamente, como se você fosse um filhote de cachorro e eles estivessem em busca de um melhor amigo do homem. Você poderia ser qualquer um, mesmo. Eles não se importam. Apenas querem amar. E gostam quando você os humilha. Precisam disso. Quando namoro um cara legal, sempre acaba do mesmo jeito. Eu os odeio por serem tão puros, então me odeio por ser tão escroto.

SEU EX

Sei o que você comeu no verão passado — e no verão anterior. E foi seu ex, a pessoa para quem você ainda manda mensagens, bêbado, às 4h, dizendo *Mô? Taí? Sinto sua falta. Vem k se quiser. Sem pressão. Estou tão doido...* É importante confessar sua condição para que ele entenda que você não está em seu juízo perfeito. Então você espera pela resposta, algo no estilo *Ok, estou indo* ou *Quê? Hmm, não...* Caso tenha "sorte" e obtenha a primeira resposta, está se recrutando para sexo que pode durar um surpreendente período de tempo.

Às vezes você não para até que inicie um novo relacionamento, provando que, a fim de superar certas pessoas, é preciso ficar *sob* outro alguém.

O BABACA EMOCIONALMENTE INACESSÍVEL

Se você não *foi* o babaca da relação, é provável que tenha *namorado* o babaca. São tantas as coisas terríveis quando se namora alguém que é emocionalmente distante e que o humilha de maneiras sutis e assustadoras, mas talvez a pior delas seja que você realmente acredita que pode mudá-lo. Pode levar anos/eternidade (#trevas) até que você perceba que simplesmente não está no DNA do babaca ser decente. Aqueles raros momentos de ternura que ele demonstra são apenas truques para mantê-lo por perto por mais tempo. Você nunca será bom o bastante. Ele odeia seus amigos, as roupas que você usa e seus assuntos. Mas, acima de tudo, ele apenas odeia a si mesmo.

A PESSOA QUE VOCÊ NEM SE TOCA DE QUE ESTÁ NAMORANDO

Já que somos um bando de relacionamentofóbicos, é comum acabarmos em um limbo com nossos ficantes, um lugar terrível para qualquer um! Se você for a pessoa captando sinais contraditórios, melhor se conformar em ser um desastre hesitante até conseguir algumas respostas definitivas. Você agarra seu telefone como se fosse um colete salva-vidas e convulsiona violentamente toda vez que recebe uma nova mensagem. Se você está em uma posição privilegiada e mantendo as coisas indefinidas e descontraídas, ainda assim a situação é uma droga, já que se arrisca a fazer o outro acreditar que estão, de fato, juntos, quando estão apenas se conhecendo. Antes que se dê conta, vai receber uma solicitação de *em um relacionamento sério* de alguém a quem sequer consegue responder com regularidade.

Nós nos envolvemos com essas pessoas equivocadas para nos entender melhor e porque queremos uma história para contar aos amigos no brunch, ou porque julgamos ser melhor que a solidão. Mas namorar alguém que não o compreende o fará se sentir ainda mais sozinho. E não pense, nem por um segundo, que esses relacionamentos são sem propósito. Cada aventura de uma noite, cada insulto, cada briga, cada orgasmo o levou até onde você está agora, talvez sozinho em seu apartamento, descartando o OkCupid e abrindo outra garrafa de vinho. São as consequências de não se tratar com o devido respeito.

Às vezes, quando já faz tempo que não pego ninguém, penso em quando tinha 17 anos e tomava banho com meu então namorado, Charlie. Costumávamos tomar banho juntos depois do sexo para lavar o cheiro do corpo e conversar sobre o que garotos gays de 17 anos gostam de falar. Charlie colocava, casualmente, um pouco de shampoo na palma da mão e o esfregava em meu cabelo, massageando meu couro cabeludo sem pressa, e eu fazia o mesmo por ele. A banalidade daquelas chuveiradas muitas vezes me inundava de emoção, porque percebia, com uma clareza assustadora, que aquilo era intimidade. Sentimentos de proximidade não são comuns durante o sexo, como eu imaginava, mas sim depois. Os silêncios pós-coito, temperados com curtas respirações ofegantes, a ternura que você sente quando alguém faz algo tão simples quanto lhe passar o sabonete no banho. Foram esses momentos que me ensinaram como amar alguém, e, quando me lembro deles, sei que posso reaprender o conceito de intimidade. Posso viver um amor intrépido, cheio de vulnerabilidade. Posso viver um amor que não se desfaça por causa de uma péssima mensagem, um amor sem limitações. Quando eu tinha 17 anos, era cru e ingênuo, com zero bagagem emocional. Nada me impedia de confessar meus sentimentos, eu desconhecia as regras do jogo. Então, em algum lugar entre a coleção de fracassos amorosos da universidade e as constrangedoras tentativas de namoro pós-formatura, eu me tornei tão dominado por minhas inseguranças e por minha sede de aprovação que perdi de vista o objetivo de um relacionamento e me esqueci de como é ter um parceiro. Às vezes observo meus amigos que estão em uma relação estável, saudável, e morro de inveja. Eles conseguiram; descobriram como acordar pela manhã com alguém, mas sem a ânsia de fugir. Eles se deram conta de que merecem o amor. Autoestima é uma planta. Se você não a rega com frequência, se a deixa de lado por dias a fio, ela vai morrer.

Acreditar que merece o amor não é apenas imperativo para se conseguir um relacionamento; também é crucial para tirá-lo de um. Na minha opinião, há três certezas na vida: morte, boletos e pé na bunda. Não sei determinar o momento exato em que Charlie perdeu o interesse em mim. Um dia, depois da escola, estávamos deitados em minha cama, tentando transar antes que seus pais viessem buscá-lo (ah, as alegrias de ser menor de idade e sexualmente ativo!), mas algo nos impedia de nos conectar completamente. Seu corpo, em geral uma segunda casa para mim, parecia distante e rígido. Perguntei o que havia de errado. Ele me garantiu que não era nada, mas, quando respondeu, fez eu me sentir como se fosse *tudo*. Foi então que percebi que nossos dias estavam contados. Algumas semanas mais tarde, Charlie terminou comigo.

A mensagem implícita de um fora é: a pessoa que antes queria vê-lo nu o tempo todo não mais se interessa por sequer vê-lo. Simples assim. De *Quero suas partes pudendas em minha boca* para *Afaste essas partes pudendas de mim antes que eu chame a polícia!* Uma parte de você quer retrucar *Espere aí! Ainda não me cansei de fazer sexo com você. Não pode me dar mais um tempinho?* Mas não há mais tempo de sobra.

Sempre me perguntei como isso pode acontecer. Tipo, como você vai de amar uma pessoa, apesar do mau hálito, dos pneus e da síndrome do intestino irritável, para *Não. Não posso mais tolerar seus defeitos. Olho para você e, em vez de me sentir contente, fico em pânico*? Como? Se eu soubesse a resposta para essa pergunta, talvez as separações fossem mais fáceis de digerir, mas, como não sei, é difícil para mim superar o fim de uma relação com alguém que já amei.

Tive minha cota de relacionamentos. Já namorei idiotas, caras legais — e qualquer coisa entre os dois. Mas jamais havia me envolvido seriamente. Um dia, no happy hour depois do trabalho, meus colegas e eu abordamos o assunto ex, e um deles me perguntou na lata *Já esteve em um relacionamento sério?* A pergunta me deixou perplexo, como se não soubesse a resposta, porque, de certa forma, parecia que sim. Já havia sofrido de coração partido e namorado pessoas por respeitáveis períodos de tempo. Ainda assim, nenhuma das minhas aventuras amorosas chegara a tanto. Culpo parte da minha inexperiência ao fato de ter levado tanto tempo para me recuperar do fim do meu relacionamento com Charlie. Estava tão desesperado para tê-lo de volta em minha vida que reagi tipo *Não se preocupe comigo ou com arruinar minha vida. Vamos continuar amigos, ok?* Ele concordou, e voilà... você consegue anos de amizade quando, na verdade, queria mesmo era um "eu amo você" e um pau quente no rabo. Não estava pensando direito. Você nunca pensa direito depois de um término. Precisa fingir que está tudo bem quando, no fundo, morreu umas mil vezes. É muito duro, em especial no início. Eu tinha pensamentos delirantes que não podia compartilhar com ninguém, como *Ah, um barbeiro. Meu ex tinha cabelo!* ou *Como desvio o assunto da conversa de modo a mencionar meu ex? Sei que meus amigos estão cansados de ouvir sobre ele, mas, se não pronunciar seu nome pelo menos cinco vezes ao dia, corro o risco de adoecer. Ah, ótimo... estão falando sobre o tempo. É minha deixa.*

Mantive Charlie em minha vida por tanto tempo porque precisava me agarrar à prova de que alguém havia me amado. *Viu?*, fantasiava dizer às pessoas depois da separação, *Um cara realmente me chamou de namorado uma vez. Você pode perguntar a ele, se não acredita em mim*. Não queria superar porque teria que procurar outro alguém e duvidava de que tal pessoa existisse. Charlie foi um achado. Qualquer outro ia ver minhas cicatrizes, meu claudicar, minhas pernas presas e minha corcunda, então me acharia grotesco.

Quando me mudei para Nova York, Charlie e eu, enfim, começamos a nos distanciar. Parei de ligar para ele, e, como ele nunca me ligava, foi o fim de nós dois. Não falo com ele há anos, mas, como vivemos na era digital, ele ainda está por perto. Somos amigos no Facebook e, recentemente, começamos a nos seguir no Twitter. Algumas semanas depois de receber a notificação de que ele me seguia, tentei mandar uma DM, apenas para descobrir que ele já havia parado de me seguir. Cego de raiva, escrevi *Você parou de me seguir no Twitter? Sério?* E ele logo respondeu com um *Desculpe*.

Achei que seria melhor assim. Por favor, não leve para o lado pessoal. Embora entendesse o motivo para Charlie querer me deletar das redes sociais — você não precisa saber que o cara com quem perdeu a virgindade comeu frango assado no jantar —, ainda assim doeu. A tecnologia tornou quase impossível dizer adeus. Quando minha mãe tinha 19 anos, ela se casou com um homem, então se divorciou dois anos depois e jamais voltou a ouvir falar dele. Não é louco? A ideia de casar com alguém hoje em dia e acabar com um *Tchau. Esqueça que eu existo!* parece inconcebível. Sequer tenho o privilégio de esquecer o cara que peguei algumas vezes quando tinha 21 anos, porque o Facebook continua a me mostrar fotos dele bebendo mimosas idiotas com os amigos idiotas. Ele simplesmente não some. Ele não tem permissão para sumir, nem Charlie. Os dois estarão sempre a algumas teclas de distância. Terminar com alguém hoje em dia significa apenas o fim do contato físico. Eles continuam vivos — no seu computador, no celular, nas mensagens. Perdemos o direito de partir para outra quando decidimos que queríamos saber tudo sobre todos. E não são apenas nossos amantes que nos assombram como fantasmas virtuais. São também os amigos. Aos vinte anos, é natural que você acumule um cemitério de amores mortos. Mas jamais cogitou ter que enterrar tantas amizades valiosas em covas rasas.

MELHORES AMIGOS PARA SEMPRE, MELHORES AMIGOS JAMAIS

São 13h58 de um sábado. Você sabe onde estão seus amigos?
— Sócrates (Brincadeirinha, amore... essa é minha!)

Conheci minha melhor amiga, Clare, na faculdade, quando eu era uma borboleta sociável testando minhas asas emocionalmente promíscuas. Uma amiga em comum, Bianca, vinha querendo nos apresentar já havia algum tempo, mas eu não levava muita fé. Se ganhasse uma moeda a cada vez que alguém me pedia para encontrar um amigo em potencial, eu estaria fazendo pulseiras da amizade com notas de cem dólares. Mas, um dia, no intervalo entre aulas, Clare e eu nos esbarramos no pátio. Ela elogiou meu casaco, eu agradeci; então decidimos ser melhores amigos para sempre. Naquela idade, começar uma amizade eterna era simples assim. Seu coração está aberto, e você anseia por algum tipo de cumplicidade. Os babacas que pega em festas somente preenchem o vazio de suas partes íntimas. Se quer uma conexão profunda, não tem escolha, precisa apelar para os amigos. São eles que sempre o farão gozar.

No verão depois que Clare e eu nos formamos, ela se mudou para um apartamento perto do meu, em Alphabet City, e passamos todos os dias em sua varanda, bebendo vinho e conversando até nosso cérebro derreter de alegria. Estávamos nos pincaros do amor de amigo, alegremente nos aquecendo juntos antes da largada para a vida real. É o que você faz aos 22 anos: mata o tempo como se fosse uma barata repugnante. Agora você daria tudo para mantê-lo vivo.

Pouco depois do nosso primeiro verão pós-formatura, Clare cancelou a assinatura do AimeuDeus-estou-obcecado-com-nossa-amizade e migrou para o plano namorado, que dava direito a algo melhor que um estudante de artes fracassado. Dylan era um cara que respondia as mensagens com rapidez, fazia Clare se sentir segura e não a julgava se, de fato, precisasse dele. Aquilo mudou tudo. Lá se foram os lânguidos dias passados com Clare em seu quintal. No lugar, os obrigatórios almoços para colocar o papo em dia e as mensagens com grande carga emocional.

— Vamos sair no sábado? — perguntei a Clare pelo telefone, um dia.

— Pode ser. Mas eu tenho ioga, e depois Dylan e eu vamos encontrar os pais dele para o jantar. Você pode de uma às três?

Ah, não fode.

— Sério? Quando nos tornamos o tipo de amigos que espreme um encontro na agenda?

Clare argumentou, explicando que eu a fazia se sentir culpada por não conseguir corresponder a meus elevados padrões de amizade. Ela tinha razão. Eu estava afundando no triste clichê de codependência mulher/bicha de estimação. A garota hétero encontra o amor; o garoto gay acaba sozinho e rancoroso. Mas é difícil ver seus amigos amadurecerem antes de você. No início, Clare e eu nos unimos por sermos desastres sentimentais, mas, quando começou a namorar, ela resolveu sua vida, enquanto eu continuava a bagunça de sempre. Eu me sentia péssimo por ser o único a querer que as coisas voltassem ao que eram antes.

— Você sabe que eu não era feliz, Ryan — confessou Clare recentemente. — Bebia demais e saía com tudo que é babaca. Você está romantizando um tempo bem sombrio.

Talvez estivesse. Mas não esperava que meus amigos mudassem assim tão rápido. Quando eu era criança, acreditava que, aos vinte anos, minha vida seria como a série de TV *Friends*. Depois da faculdade, meus melhores amigos e eu iríamos descolar um belo apartamento em Manhattan, apesar de nenhum de nós ter um emprego decente, e passaríamos o dia em orgias de amizade. Quando não conseguíssemos juntar dinheiro suficiente para o aluguel, pagaríamos com o puro poder da nossa união. *Cara*, diria o proprietário, cansado, *vocês precisam parar de me mandar cheques com apenas AMOR escrito. Não posso descontá-los!* Nas raras ocasiões em que meus colegas de quarto e eu deixássemos nosso aconchegante apartamento, seria para nos esparramar nos sofás de um café e lamentar sobre o triste estado da nossa vida amorosa por várias horas. Tudo no mundo iria nos desapontar — exceto um ao outro!

Bem, talvez as coisas não fossem apenas devotas demonstrações de amor, mas, pelo menos, eu teria alguém com quem dançar no quarto após um longo dia de trabalho. Em vez disso, acabei com amizades inconsequentes. Sempre que sentia uma conexão com alguém e tentava fazer planos, nos perdíamos em um buraco negro de mensagens. Algo na linha de *Oi, gostei mesmo de você, mas sou muito esquisito para marcar um encontro normal entre amigos, então só vou mandar mensagens o dia inteiro e fazer vagas referências a nos vermos cara a cara, muito embora saibamos que nunca vai rolar!*

E há aquelas pessoas de quem eu costumava ser próximo, mas algo aconteceu — ninguém sabe ao certo o quê —, e então nos tornamos estranhos que se falam esporadicamente. Tentativas toscas de nos encontrar são feitas, mas quase nunca acontece. Um amigo vai me mandar uma mensagem dizendo *É um absurdo esse tempo todo sem nos vermos. Não é legal!* E vou responder *Ai, meu Deus, eu sei. Vamos marcar um encontro já, por favor!* Mas ambos sabemos que não significa nada.

Seu melhor amigo, aquele que não te abandona durante o apocalipse de seus vinte e poucos anos, é a pessoa que o salva de todo esse horror. A ligação de vocês é tão autêntica e amorosa que quase parece um crime na era moderna. Quando estão juntos, passam horas tendo orgasmos cerebrais. Você pode levar esse amigo a qualquer lugar — de um pé-sujo a um clube particular —, e ele sempre faz você se sentir seguro. Nunca precisa se preocupar; não requer a manutenção básica; podem ficar meses sem se ver e continuar de onde pararam.

Infelizmente, um melhor amigo não é garantido. Você pensa que sim. Você cresce esperando o momento em que alguém vai chegar para se tornar a Daria de sua Jane, mas nem sempre acontece. Conheci pessoas — encantadoras, normais — que se eriçam quando você pergunta sobre suas amizades. Vão dizer *Tenho vários amigos, mas não sei se tenho, sabe,* um melhor *amigo*. Você sabe o que querem dizer. Um *melhor amigo* é alguém que, ao ser indagado sobre quem vê o mundo da mesma maneira que ele, responde seu nome sem hesitação. Não há receio quanto à reciprocidade. Vocês poderiam tatuar o nome um do outro.

Tive sorte o bastante para contar com algumas amizades especiais, mas a que me era mais cara foi também a que perdi. Conheci Sarah no refeitório da Foothill Tech, quando ambos éramos bebês calouros apavorados. Nós nos encaramos e foi tipo *Oi, prazer em conhecer você. Vamos atravessar esse inferno juntos?* Ela era uma jogadora de polo aquático de 1,82 metro com placas de aço na coluna. Eu era um gay manco com problemas de pele e cabelo colorido. Separados, Sarah e eu não tínhamos nenhuma chance de sobreviver ao ensino médio, mas, quando juntávamos esforços, tudo virava ouro. Fazíamos tudo juntos. Éramos voluntários no centro jovem LGBT e ensinávamos a jovens gays que sexo seguro era mais que trepar em um lugar onde os pais não pudessem encontrá-los. Escrevemos peças sobre as absurdas políticas do ensino médio e as encenamos em nossa aula de teatro. Até tentamos ser evoluídos, como os franceses, e dividimos um namorado por alguns meses. (Nada de *ménages*, óbvio... Apenas muita sacanagem com o compartilhamento de um hippie bissexual bem-dotado.) Depois do fim do ensino médio, Sarah e eu fomos para faculdades diferentes, mas passávamos os verões juntos, em estágios e escrevendo scripts. Nosso plano era criar alguns pilotos descompromissados antes de partir para LA em busca de uma carreira como roteiristas de televisão.

Claro, a vida jamais corre como planejado. Em nosso primeiro ano de faculdade, Sarah foi diagnosticada com câncer no ovário e passou aquele outono, e a maior parte da primavera, em sessões de quimioterapia. Ela se recuperou alguns meses mais tarde, mais ou menos na mesma época em que fui atropelado por um carro em São Francisco. Nossa intenção era ir para Nova York no verão para um curso de roteiro, mas estávamos muito deprimidos para fazer qualquer coisa, então decidimos alugar um apartamento em Los Angeles e passar os meses seguintes processando nossos respectivos anos de merda. Eu tinha certeza de que seria uma sequência de *Garota, Interrompida*. (*Garota, Ainda Interrompida*? Alguém ligue para o meu agente!) Nada de churrascos ao sol, dias na água ou ardentes romances de verão. Sarah e eu apenas ficaríamos deitados, atracados, aos prantos, a um frasco de Alprazolam.

Isso é o que *deveria* ter acontecido, de qualquer forma. Passei quase todos os dias fazendo fisioterapia para a mão, e ainda não conseguia mover os dedos ou fechá-los em punho. Enquanto isso, Sarah ainda sentia os terríveis efeitos colaterais da quimio. Nós dois parecíamos uma autêntica dupla de esquisitões. Mas, em vez de nos resignar àquela existência infeliz, fechamos um acordo tácito para servir gargalhadas no café, no almoço e no jantar. Frequentamos muitas festas, embora eu estivesse com o braço engessado e mal pudesse segurar um copo. Exploramos diferentes partes de LA. Tentamos trepar. Foi como qualquer outro verão mágico, à exceção de uma pitada de trauma emocional.

Se nossa amizade podia sobreviver ao câncer e ao meu acidente e ainda continuar forte como nunca, era de se imaginar que jamais nos separaríamos. Mas, em algum momento entre o verão em Los Angeles e a formatura na faculdade, alguma coisa mudou. Nossas vidas, antes tão idênticas, passaram a ganhar contornos diferentes. Sarah começou a namorar sério; eu me mudei para Nova York a fim de continuar meus estudos e encontrei um novo grupo de amigos. Desde o início, nossas identidades pareciam intrinsecamente ligadas, mas, conforme amadurecemos, percebemos que não precisávamos tanto um do outro. Eu dependia de Sarah para me dizer quem eu era, mas, quando comecei a me sentir mais confortável comigo mesmo, pude me definir por conta própria.

Sarah e eu moramos juntos uma última vez antes da formatura. Nós nos mudamos para um outro apartamento em LA para escrever um roteiro especulativo. A primeira vez havia sido tranquila, mas essa experiência foi péssima, em um nível visceral. Desde o início, nossa química não engrenou, e jamais chegamos a um consenso. Todo dia nos reuníamos para tentar escrever, mas não havia sinergia criativa entre nós. Foi como assistir, em câmera lenta, à destruição de algo querido. Eu queria gritar *Pare! Não continue transformando minha melhor amiga em uma estranha!*, mas não havia nada que qualquer um de nós pudesse fazer. O tempo estava prestes a nos destruir.

Pouco antes de partirmos, soltei a bomba em cima de Sarah. *Não sei se ainda estou apaixonado pela ideia de escrever para TV*, confessei a ela enquanto fazia minha mala. *Acho que prefiro passar um tempo em Nova York e, talvez, explorar o mundo da publicidade.*

Sarah me fuzilou com um olhar de *Tá de sacanagem?* Ela tinha largado o namorado durante o verão para ficar comigo e escrever o script, e agora eu cagava solenemente em seu futuro.

— Sério? Publicidade? Ahn, que interessante. Eu literalmente nunca ouvi você falar qualquer coisa sobre o assunto antes, mas bacana!

Na verdade, eu não tinha qualquer desejo de trabalhar com publicidade, mas pensei que mentir para Sarah nos forçaria a ter uma conversa honesta sobre o que levara nossa amizade a se deteriorar tanto. Infelizmente, aquilo não resultou em qualquer debate. Quando voltamos às aulas, nossas ligações se tornaram escassas; a conversa, artificial. Eventualmente encontrei com ela em São Francisco, para onde se mudara depois da faculdade (ela também havia desistido da ideia de sermos parceiros de escrita em Los Angeles), e comentei que tínhamos nos afastado. Ela chorou, eu chorei, depois ela se foi, e pronto. O aspecto mais desolador do fim da minha amizade com Sarah foi que não houve uma traição imperdoável ou um evento devastador que pudesse justificar a morte de algo tão especial. Apenas deixamos de ser amigos porque nos tornamos pessoas diferentes. Fiquei perplexo que algo assim sequer pudesse acontecer. A amizade de Sarah me parecia a única certeza em minha vida, mas agora me dou conta de como fui ingênuo ao acreditar que qualquer coisa pudesse ser uma aposta segura. Por mais de duas décadas, meus amigos e eu seguimos o mesmo caminho, vivendo várias etapas juntos. Então nos formamos e começamos a experimentar existências completamente diferentes da noite para o dia. Óbvio que a merda toda ia feder.

Depois da formatura, é normal que seus amigos escolham um desses caminhos: ou entram em um relacionamento sério, ou se jogam na carreira. Se você é um desses psicopatas que, de algum modo, consegue equilibrar carreira e vida amorosa logo após se formar, então parabéns, eu te odeio. Para todos os demais, o que temos aqui é uma divisão. De um lado, estão as pessoas dedicadas a sua primeira relação madura. Esse tipo de amor é mais intenso que qualquer coisa vivida no ensino médio e na faculdade. Você não está apenas contando os dias para as férias de verão na companhia de alguém, mas sim escolhendo a pessoa com quem vai construir uma vida.

Do outro lado, seus amigos estão colocando uma aliança em suas carreiras e as pedindo em casamento. A não ser que a pessoa seja uma prostituta ou uma estrela pornô, tenho quase certeza de que seu emprego não vai lhe pagar um boquete, mas o que falta em sensualidade, ele compensa com estímulos mentais. Seus amigos estão descobrindo no que são bons e compreendendo seu valor como funcionários. Se ao menos tivessem metade do vigor que empregam na vida profissional para dedicar à pessoal... seria a glória!

Os dois caminhos nos dão um senso de propósito e segurança, algo essencial para alguém que acaba de sair da faculdade e não tem a mais pálida ideia do que está fazendo. As pessoas precisam canalizar toda a sua energia para *algo*, e é apenas uma questão do que parece menos assustador: um relacionamento ou um emprego. Curiosamente, as duas partes estão convencidas de que a outra levou vantagem. O amigo em uma relação estável mataria por um emprego incrível, enquanto o jovem profissional não sonha com outra coisa que não alguém para esperá-lo em casa.

Existem, ainda, as pessoas que não têm nem um emprego, nem um relacionamento ao qual se dedicar. Cair no limbo pós-formatura só é aceitável até certo ponto, então as pessoas começam a se preocupar. *Soube da Jessica?*, cochicha, preocupada, uma amiga no almoço. *Ela acabou de ser demitida do trabalho como auxiliar de escritório e não sai do apartamento faz uma semana. Ela nem ao menos está namorando! É tão triste, sabe, porque nos formamos já tem dois anos. Já é hora de ela tomar vergonha, sabe?* Sim, eu sei. Você sabe. E sua amiga Jessica definitivamente sabe. Você precisa calar essa boca e demonstrar um pouco de compaixão. Migrar para a vida adulta já é difícil o bastante. Ter seu progresso julgado pelos amigos não torna o processo mais simples.

No ano seguinte à minha formatura, eu fui esse amigo patético, sem perspectivas de emprego ou de relacionamento. Quando, enfim, consegui um emprego em tempo integral, liguei para todos os amigos para avisar que eu não era mais um inútil. *Não precisa mais se preocupar comigo*, gritei ao telefone. *Ainda estou na corrida para ser o* America's Next Top Adult! Levou dois segundos e meio para eu me tornar aquela pessoa mala que só fala sobre trabalho. Não pude evitar. O trabalho era minha vida, e eu o amava. Mas sabe o que pega quando se é um profissional solteiro? Sábados e domingos. O que antes era sinônimo de descanso e diversão com os amigos virou um terrível lembrete de que eu não tinha um namorado. Quando os fins de semana passaram a ser o templo dos programas a dois? Parece que foi da noite para o dia. Em um fim de semana eu estava na cama com os amigos, de ressaca, vivendo, rindo e amando, no seguinte recebia mensagens do tipo *Desculpe, não posso sair! Estou no mercado de pulgas com o mozão. Terça à noite?* Ah, terça à noite... A temida brecha na agenda para amigos solteiros. Na hierarquia do tempo, as tardes de sábado reinam soberanas, e terças, às 19h, são uma oferta caridosa. Quando posso voltar ao cobiçado intervalo de tempo do fim de semana? Com quem você precisa trepar para conseguir ver seus amigos nos fins de semana?

Não são apenas relacionamentos e empregos que nos impedem de ver os amigos. Também somos furões natos. As pessoas estão a apenas uma mensagem de se safar com uma desculpa esfarrapada como *Ah, não! Estou tão cansado. Se importa se reagendarmos? Ligo para você se melhorar!* Ou pior, mentem que estão doentes porque já têm um programa melhor. *Não posta no Instagram!*, sibilam para o amigo por quem o preteriram. *Eu disse a Julie que estava com intoxicação alimentar, então ela não pode saber que estou aqui!* Dar o bolo em alguém se tornou uma epidemia e está arruinando nossos relacionamentos pessoais. Tudo o que fazemos é reclamar de como sentimos saudades dos nossos amigos, de como nos isolamos, mas, quando surge a oportunidade para uma interação, congelamos. O que diabos está acontecendo aqui? O que nos impede de seguir um plano?

Tenho milhares de amigos no Facebook e seguidores no Twitter, então é correto supor que eu esteja atolado em convites para sair, mas é justamente o contrário. É fácil retuitar uma pessoa e é fácil dar *like* em seus posts no Facebook, mas está cada vez mais difícil encontrar, de fato, uma pessoa e fazer um esforço para construir uma amizade. Acho hilário ser "amigo" de tanta gente na internet quando, na verdade, só me relaciono com umas cinco pessoas. Mas é como a banda toca. Quanto mais criativa é a vida virtual, mais negligenciada fica a real. Às vezes penso sobre o futuro da minha vida social e me preocupo que as coisas possam piorar ainda mais. Eu me vejo no casamento do meu melhor amigo, triste e bêbado na mesa das crianças, as pessoas me encarando e dando graças porque suas vidas são mais plenas que a minha. Depois que todos que amo se casarem, nossa amizade vai se resumir a ligações e almoços e *sinto saudades* e *lembra quando?* Então os bebês vão entrar em cena e só restará a ruína. As únicas pessoas com tempo para me encontrar serão os velhos... em um buffet de frutos do mar.

Quando Clare e outros amigos íntimos caíram na armadilha do casamento, uma parte de mim se sentiu deixada para trás. Enquanto eu estava ocupado trabalhando e sabotando minha vida amorosa, eles se mudavam para a casa do parceiro e amadureciam de modos que eu mal podia imaginar. Eu queria fazer parte da mudança de vida deles, e eles queriam fazer parte da minha, mas isso não parecia possível. Eles estavam apaixonados; entendiam coisas sobre o mundo que eu sequer percebia, o que havia criado uma inegável desigualdade entre nós.

Clare e eu quase deixamos de ser amigos, como aconteceu comigo e Sarah. A única razão para nossa amizade ter sobrevivido foi porque nos dedicamos. Depois de dois anos alimentando ressentimentos, finalmente desabafamos um com o outro em frente a uma casa de sucos no West Village. Gritamos coisas imperdoáveis; pegamos uma faca enferrujada e enfiamos na ferida. Clare soluçou. Eu solucei. As pessoas bebiam seus sucos e pensavam *Que porra é essa?* Quando tudo, enfim, terminou, nossa vibe estava mais para *Mesmo que odeie você agora, odeio ainda mais a ideia de não sermos mais amigos*. Então decidimos começar do zero e deixar para trás o passado de mágoas. Era preciso. Existem tantas pessoas no mundo que fazem você se sentir um alienígena. Quando encontra alguém que o entende, você não pode ignorar. Pessoas legais não nascem em árvores.

Aceitei que minhas amizades vão mudar conforme amadurecemos, e não é saudável lutar contra isso. Ser amigo de alguém já diz mais sobre sua personalidade do que você jamais seria capaz de explicar por conta própria. Mas, então, você cresceu e deixou de se sentir apenas meia pessoa. Isso não torna essas amizades menos importantes. Pelo contrário, elas ganham mais significado. Agora que criou uma carapaça e começou a se tornar a pessoa que vai ser, não precisa mais de validação para preencher um vazio. Você quer ficar perto de alguém porque gosta dessa pessoa. Chocante, não? Pode anotar no caderninho, junto de outra lição de vida que aprendeu depois de muita tentativa e erro. É constrangedor quanto tempo levei para descobrir como navegar por águas tão simples quanto as da amizade. Mas não posso dizer que estou surpreso. Acho que algumas pessoas pegam as coisas de primeira, enquanto outras, como eu, são mais lentas e precisam lutar por cada palmo de maturidade. Fiz muito progresso na vida, mas a lição que custei mais a aprender foi a que quase degringolou tudo.

Eu não conseguia impedir as coisas ruins de parecerem tão boas.

COMO NÃO BEBER OU SE DROGAR

Antes de partir para a universidade e embarcar no que se revelaria uma década de erros, meu pai me chamou e me deu os conselhos clássicos, como *Não coma sorvete no refeitório todos os dias, a não ser que queira virar o boneco da Michelin* e *Certifique-se de investir em um bom travesseiro para compensar o colchão de merda do dormitório*. Também me disse que, se eu bebesse álcool, correria o risco de me tornar ainda mais retardado.

>Pai: Ryan, sei que a faculdade é uma época de descobertas e de bebedeiras, mas realmente não creio ser uma boa ideia que você tome parte nessas experiências.

Eu: Por favor, pai. Todo mundo vai estar enchendo a cara.

Pai: Preciso mesmo lembrar que você não é igual aos outros?

Eu: Como assim?

Pai: Você tem uma lesão cerebral.

Eu. Eu sei. E daí?

Pai: E daí? Você não pode se dar o luxo de perder mais nenhum neurônio!

Eu: Pai, beber não vai piorar minha lesão.

Pai: Nunca se sabe.

Eu: Bem, não me importo. Ainda pretendo beber!

Pai: Essa teimosia é reflexo da sua lesão cerebral.

Meu pai jamais tomou um gole de álcool na vida. Sempre achou um comportamento sórdido, e se transforma em um poço de julgamento se alguém bebe na sua frente. Alguns anos depois dessa conversa, quando eu estava em casa, de folga da universidade, meu pai começou a me interrogar sobre minha vida social. Eu tinha acabado de fazer 21 anos e me mudado para Nova York, então, é óbvio, já havia perdido o trem da sobriedade. O primeiro amigo que fiz na Eugene Lang foi essa louca exuberante, Sadie, que só usava Chanel e morava em um prédio luxuoso no centro. Toda noite em que eu a encontrava tinha o potencial de se tornar a Melhor Noite de Todos os Tempos, o que normalmente se concretizava. Sadie simplesmente era um ímã para a insanidade. Isso me assustava um pouco — sua energia quase maníaca e a sede por um infinito suprimento de bebida e drogas. Mas também era eletrizante para alguém como eu, recém-chegado à Grande Maçã e ansioso para viver cada dia como se fosse o último. Uma noite normal para nós era sinônimo de acabar com uma garrafa de vinho antes de sair do seu apartamento, então virar quantas margaritas conseguíssemos em qualquer festa épica. Geralmente, no fim da noite, eu estava desmaiado no chão do seu apartamento enquanto o restante de seus amigos ligava para os fornecedores de cocaína e dançava em volta do meu cadáver. No entanto, não podia contar a meu pai nenhuma dessas travessuras. Ele teria um ataque, e eu seria colocado em uma camisa de força e enviado para a clínica de reabilitação Promessas Quebradas. Então menti e disse que só bebia uma vez por semana.

> **Pai:** UMA VEZ POR SEMANA? Ai. Meu. Deus. Ryan, você está se aventurando no território do alcoolismo.
> **Eu:** O quê? Não, não estou!
> **Pai:** Não é normal. Ninguém bebe tanto assim.
> **Eu:** Bebe, sim. Meu consumo de álcool é ok, pai!

Eu estava dizendo a verdade. Já venho bebendo faz dez anos, e, embora tenha passado por períodos de bebedeira profissional, jamais foi um problema. Minha mãe é uma alcoólatra que está sóbria há anos. Acompanhei incontáveis amigos a reuniões do A.A. para dar apoio moral. Conheço a cara do alcoolismo, e não é a minha, querido. Meu pai, entretanto, estava convencido de que eu passara dos limites. Depois da nossa breve conversa, ele me surpreendeu, uma semana depois, com "provas" de que eu estava saindo do controle.

> **Pai:** Ryan, tenho pensado bastante no que você *alega* ser uma quantidade normal de álcool para a garotada da sua idade. Como você sabe, o papai ama uma pesquisa...
> **Eu:** Ai, Deus. O que você fez?
> **Pai:** Nada de mais. Apenas entrevistei um grupo de garotos da sua idade sobre seu consumo de álcool.
> **Eu:** Você está zoando. Isso requer um grau de loucura que estou certo de que ainda não alcançou.
> **Pai:** É verdade! E todas as crianças com quem falei acharam que ficar bêbado uma vez por semana é excessivo.
> **Eu:** VOCÊ ENTREVISTOU MÓRMONS?
> **Pai:** Não. Esses garotos são normais. Como você.

Como eu? Até parece. A "informação" do meu pai era furada e claramente reunida por jogadores de RPG sexualmente ativos. Ainda assim, sua intromissão em meu relacionamento com o álcool me fez refletir sobre minha sórdida trajetória como bêbado.

Começou quando eu estava no último ano do ensino médio e provei um gole de champanhe barata. Aquilo me lembrou a sidra que costumava beber no réveillon com meus pais, eu adorei! Mamei a garrafa toda e perdi a linha. Quando seu caso de amor com o álcool começa, sua mente não resiste à tentação. Por que se contentar em só ficar bêbado quando pode apagar, vomitar em alguém e ter uma ótima história para contar no dia seguinte? O objetivo é perder o controle e se tornar o assunto da festa. *Sério? Você fez sexo na cama da mãe do seu melhor amigo e depois vomitou em tudo? Bem, uma vez fiquei tão doido que mijei em uma caixa de areia!* Isso realmente aconteceu com uma das minhas amigas. Ela mijou em uma caixa de areia. Eu estava lá. Eu vi. Aconteceu. Também vi outras coisas estranhas. Certa vez, testemunhei uma garota chorar loucamente enquanto agarrava o namorado em uma festa. As pessoas fingiram não notar e continuaram dançando ao redor do casal, o que é bem civilizado para um bando de adolescentes. Outra vez, assisti a uma guerra de bolo se formar em uma festa de aniversário; os azulejos de quem quer que fosse a casa ficaram arruinados. Então, reencenando *Conta Comigo*, todo mundo começou a vomitar pedaços de bolo arco-íris. Foi até bonito.

Tudo isso aconteceu na primeira fase, quando o álcool ainda parecia uma maldita diva e não havia nos mostrado seu lado feio. Ficávamos alegremente fodidos e fazíamos algo estúpido com zero consequências. Na verdade, um exército de amigos estava sempre por perto a fim de apoiá-lo e cuidar de você para que ficasse bem.

— Precisa vomitar? — perguntava uma amiga preocupada. — Posso segurar seu cabelo.

— Não, eu seguro! — interrompia outra amiga. — Ela é minha melhor amiga! Eu faço isso!

Na última vez que vomitei por causa de bebida, estava deitado no piso gelado de um banheiro, sem ninguém para me trazer biscoitinhos ou água, e somente então admiti a mim mesmo que os tempos haviam mudado. Tipo, lembra quando sequer tínhamos ressaca? Talvez você acordasse depois de uma bebedeira meio *Deus, quero comer um burrito!*, mas jamais experimentava aquela sensação completamente debilitante, a certeza de que não poderia se mexer ou comer até as 19h. Isso vem depois, quando você para de acreditar nas promessas maravilhosas do álcool; quando as festas se transformam em *Feitiço do Tempo*, o sexo não parece mais tão excitante e vomitar é um pesadelo infeliz, não mais uma medalha de honra. Quando você é um adolescente, quer fazer as coisas acontecerem porque tudo em sua vida parece muito chato. Está desesperado por alguma coisa, qualquer coisa, que venha resgatá-lo e fazer você se sentir em um fabuloso filme de adolescente. Avance dez anos, quando sua vida se tornou tão bizarra e opressiva por mérito próprio que você não ousa acrescentar mais essa extravagância.

As coisas pareciam melhores quando bebíamos pelos motivos certos. Quando queríamos nos sentir próximos uns dos outros, ter novas experiências e fazer outros amigos. Admito, nem sempre as experiências eram maravilhosas, e as pessoas que conheceu podiam ser um total pesadelo, mas não importava. Você sabia administrar a decepção. Eu me lembro de frequentar tantas festas, determinado a fazer da noite minha aliada. A tentação da possibilidade me incitava de uma pessoa a outra, torcendo por uma conexão. Finalmente, eu encontrava alguém, trocava provocações e pensava *Uau, você é tão descolada. Quero saber tudo!* Quatro doses depois, chorava minhas mágoas e nos declarava novos BFFs.

— Porra, eu amo você! — gritei para essa garota, Samantha, que eu havia conhecido meia hora antes, no fumódromo de uma festa da faculdade. Foi amor à primeira vista, graças ao LiveJournal e aos garotos que não respondiam mensagens. Inebriados com nossa recém-encontrada proximidade, decidimos, então, tomar 42.069 doses de uísque.

— Você não entende. Estou obcecada por você — falou Samantha, com voz arrastada. — Me dê seu telefone, viado. Vamos nos encontrar para um brunch daqui a seis horas!

— Caralho, eu amo brunches! — berrei.

— Sim, porra, você ama! Parceiros de brunch! — guinchou Samantha, me arrastando até a sala para que pudéssemos dançar "Fuck the Pain Away", do Peaches.

Na manhã seguinte, entrei no Facebook e vi que Samantha já tinha me marcado em várias fotos pouco favoráveis. *HMM, ACHO QUE ENCONTREI MINHA ALMA GÊMEA*, dizia uma legenda. Era uma foto desfocada de nós dois abraçados no chão do banheiro. Cliquei no perfil de Samantha, imaginando uma atividade virtual semelhante à minha, mas, em vez disso, encontrei um altar dedicado à falta de personalidade; citações da Bíblia por todo lado, solicitações do FarmVille e ex-namorados genéricos.

Imediatamente desmarquei as fotos e nunca mais falei com Samantha. Era óbvio que eu tinha colocado minhas lentes de espumante e vivenciado uma amizade de uma noite só.

Quando não bebia para fazer amigos, eu me embebedava para trepar. Em meu segundo ano na faculdade, fiquei por quatro meses com um cara que odiava, mas em nenhuma das vezes estava sóbrio. Não me lembro de coisa alguma sobre o sexo. Seu pau tanto podia ter cinco centímetros quanto trinta. Não faço a menor ideia e, mais importante, não poderia estar menos interessado. Não gostava desse cara e não creio que ele jamais tenha simpatizado comigo. E mesmo que sentisse algo por ele, ainda é provável que precisasse de estímulo alcoólico para iniciar a pegação. Eu era novo no jogo, e qualquer tipo de intimidade me parecia real demais; se entorpecer era a melhor maneira de me permitir realmente sentir algo.

Depois da faculdade, as coisas mudam e deixa de ser sofisticado fazer merda por aí. Não dá mais para beber vinho barato e mijar na rua, ou gritar com seu namorado. As pessoas estão tão em pânico com a falta de perspectivas que a vida se transformou em uma competição para ver quem tem o maior pau quando o assunto é maturidade. *Ah, Deus, as coisas que eu fazia na faculdade...* solta seu amigo, bebericando vinho branco no happy hour. *Uau. Só uau!* Segura a onda, irmã. A faculdade não foi há tanto tempo assim! Por que está tentando nos fazer parecer belas, recatadas e do lar? Todos ainda estão na merda. Não me fale sobre como seu emprego é ótimo, mas sim sobre como chorou na semana passada em uma farmácia porque não tem plano de saúde. Isso, sim, é narrativa.

Há alguns anos, encontrei um amigo com quem costumava sair nos tempos da faculdade. Quando nos vimos, ele imediatamente colocou a máscara de *Cara, aqueles foram tempos loucos. Não sou mais tão festeiro*, insistia. Enquanto isso, eu pensava *Besteira, besteira, besteira. Você está a apenas quatro drinques de ligar para seu traficante.* E eu estava certo! Algumas doses depois, a cocaína veio à tona e, em um piscar de olhos, ele ligou para o traficante para dar uma cheirada. *Ai, Deus*, suspirou ele, desligando o telefone. *Não acredito que estou fazendo isso!* Hmm, eu acredito. Você tem 24 anos e está comprando pó em um bar do Lower East Side. O mundo não vai acabar.

Quando o traficante chegou, entrei em uma máquina do tempo e saí em 2007, onde me encontrei cheirando carreiras no banheiro de algum bar nojento em que não colocava os pés fazia anos. Então, a cereja do bolo da maturidade: acabamos flagrados por um segurança e expulsos do bar. Meu amigo olhou para mim com um sorriso tímido no rosto, se desculpou por a noite ter acabado mal e me desejou um rápido boa-noite. Nunca mais o vi. Naquela noite, aprendi que quanto mais alguém lhe garante que mudou, mais provável é que acabe sendo expulso de um bar por usar coca. Só é possível amadurecer quando você começa a ser honesto consigo mesmo sobre quem de fato é.

Não trate a vida como se fosse uma corrida. E mais: não cheire cocaína. Talvez fosse o lance nos anos 1970 e 1980, mas agora só o deixa alucinado. Embora você já deva saber disso. Os Millennials trancaram drogas como a cocaína no armário, só permitindo vislumbres em conversas sobre reabilitação, mas todo mundo ainda usa. As pessoas não deveriam saber que sua estrada para a vida adulta foi pavimentada com papelotes, não com relacionamentos estáveis e brunches adoráveis na companhia dos amigos. Entre na página do Facebook de um usuário de drogas pesadas e você verá que sua persona digital foi cuidadosamente desenhada. Há fotos sorridentes com a família nas férias ou em alguma caminhada pelos cânions de Los Angeles. Então você a encontra na vida real e descobre que é uma baladeira desenfreada, que consome drogas em sua sala de estar e fica doidona todos os dias. Minha geração é a primeira no comando da própria imagem. Damos as cartas e dizemos a você como enxergar nossa vida. Não importa se o que projetamos é falso. Se alguém acredita, passa a ser verdade.

Quando entro no Instagram e vejo as pessoas na academia ou na cama com o cachorro e a pessoa amada, eu me sinto um Insta-fiasco. Sei que estão fazendo o mesmo que todo mundo, ou seja, destacando os melhores momentos enquanto escondem as coisas ruins, mas, ainda assim, me sinto mal a respeito de mim mesmo. Quero instituir o dia da honestidade na internet, quando as pessoas serão obrigadas a tuitar e postar fotos do que realmente estão fazendo. *Meu brunch foi maravilhoso (você viu as fotos mais cedo, certo?), mas agora bateu a ressaca e meu intestino irritável está prestes a se irritar, então estou deitado na cama me sentindo levemente deprimido. Aqui vai uma foto da maconha que vou fumar...* Seria um exercício catártico. Qualquer um pode ver a gigantesca disparidade entre a vida que pensamos que deveríamos estar vivendo e nossa realidade diária. Então, talvez, se conseguíssemos perceber que estamos todos no mesmo barco, não nos sentíssemos tão frustrados.

Eu costumava usar todo o tipo de droga... na época que julgava *cool* a autodestruição. Pensava que algo só tinha valor se me machucasse. Levei anos para perceber que não só era um modo absurdo de viver, bem como eu deveria ficar longe de substâncias alucinógenas, porque realmente não somos amigos. Sou o cara que fumou maconha e surtou, achando que OVNIs iam pousar na Terra para roubar minha alma; que tomou Adderall para ajudar com os estudos, mas ficou obcecado pela luminária por seis horas. Mas nada demonstrava minha inaptidão para drogas com maior nitidez que minha experiência com MD. Já havia usado essa forma "pura" de ecstasy antes, mas não funcionou. Só fiquei meio quente e bobo, o que já é meu estado natural. Sempre disposto a tentar, comprei mais comprimidos de outro traficante e decidi dobrar a dose na festa de aniversário de um amigo. Foi a coisa mais estúpida a se fazer — cada lote de drogas tem um potencial diferente —, mas não me importei. Como minha finada rainha Aaliyah outrora cantou *Se de primeira não der certo, sacuda a poeira e tente muito mais MD na próxima*. Então, na noite da festa, dissolvi uma tonelada da droga em um copo d'água e bebi no banheiro do bar. Em seguida, esperei o efeito. E esperei. Vinte minutos se passaram, e continuei de cara.

— O que diabos está acontecendo? — perguntei a meus amigos, que também haviam tomado MDMA. — Por que não está funcionando?

— Não faço a menor ideia — respondeu minha amiga Jenny, revirando os olhos. — Estou ÓTIMA.

Olhei para minha outra amiga, Angela, conversando com um desconhecido, seus olhos arregalados. Eu era o único fora da onda.

— Não compreendo — eu disse, erguendo as mãos em derrota. — Essa droga é uma diva temperamental.

O MD deve ter me ouvido esculachá-lo, porque, naquele momento, a queima de fogos começou. Meu cérebro se transformou em uma laranja sendo espremida, minha pele brilhava como um sol e tudo em que tocava me parecia alguém dedando minha próstata.

— Alarme falso, amigos! Acho que o Michael Douglas chegou!

— Eba! — Jenny deu risadinhas, soando como uma criança animada. — Vamos circular.

Jenny e eu quicamos pelo bar como duas bolas de fliperama, conversando com tudo e com todos. Parecia que o MD havia apertado o botão de avançar mais rápido do meu cérebro e me dado a capacidade de concentração de um mosquito. A princípio, eu me senti espetacular, mas, então, tudo ficou um pouco insano. Já estava farto da música penetrando meus ossos e batendo panelas em minha mente. Só queria que a vida voltasse ao normal. Infelizmente, quando você toma MD, é uma viagem de seis horas até a tranquilidade do lar. Colocar aquela pílula na boca é a assinatura em seu contrato de fodido.

Enlouquecido e mais ansioso a cada minuto, eu me enfiei em um táxi sem avisar a ninguém e voltei para minha casa. O trajeto de carro me pareceu um passeio em um tapete mágico. Os assentos se transformaram em mingau, o rádio fazia cócegas em meus ouvidos e os grandes arranha-céus de Nova York pareciam Legos dançantes. Perdi qualquer senso de tempo e espaço. Antes que pudesse umedecer os lábios e tensionar o maxilar, já estava na esquina da minha rua.

— Ok, Ryan, você conseguiu — disse a mim mesmo, em um tom de voz tranquilizador. Era sábado à noite no East Village, o que se traduzia em uma profusão de assinantes da revista *Details* e suas namoradas influenciáveis. Tentei evitá-los entrando em uma loja de bebidas para comprar uma garrafa d'água, mas andar se provou um desafio para mim.

— Preciso. Me. Hidratar — murmurei, conseguindo entrar na loja.

— Ei! — grunhiu o vendedor, Tommy, de trás do balcão.

— Oi — sussurrei, pegando a garrafa d'água mais próxima e a pousando junto à caixa registradora.

Tommy me deu uma olhada e disse algo que nenhum drogado gosta de ouvir:

— Não é melhor ir ao hospital?

Embora estivesse suando metade do meu peso corporal e mal conseguisse andar, jamais me ocorreu que eu, de fato, precisasse de assistência médica. Mas se alguém quer chamar uma ambulância para você, parece sensato não discordar.

Tommy saiu de trás do balcão e me fez sentar em um engradado de leite enquanto ligava para a emergência. Não consegui ouvir o que ele dizia para o atendente, mas discerni as palavras *Não sei. Ele parece bem mal.*

Fritar na companhia do Michael Douglas é confuso; uma parte de você está louca de preocupação, enquanto a outra está apenas muito doida e feliz e quer chupar um pirulito. Sua linha de raciocínio é mais ou menos a seguinte: *Ai, meu Deus, acho que estou morrendo. Que merda. Espere... de quem é essa música? Quero dançar!* Enquanto aguardava a ambulância, bêbados aleatórios passaram pela loja e me flagraram batendo cabeça e beijando um engradado de leite e gargalhando. Você sabe que está na merda quando pessoas praticamente inconscientes olham para você e dizem *Uau, que cara fodido!*

Alguns minutos se passaram, e nenhum sinal da ambulância. Impaciente, perguntei a Tommy o motivo da demora.

— Não sei. — Tommy deu de ombros. — Por que não tenta você?

Achei o conceito de ter que chamar minha própria ambulância profundamente ofensivo.

— Não, Tommy — zombei. — Você faz isso. A ideia foi sua.

Tommy suspirou e ligou para a emergência de novo. Dessa vez, fui capaz de acompanhar toda a conversa.

— Sim, oi. Tem uns quinze minutos que liguei pedindo uma ambulância aqui para a East Seventh, esquina com a First Avenue. Onde ela está? Vai chegar logo? Ah, ok. — Tommy desligou o telefone e me pediu para aguentar firme.

Eu estava em pânico. Já pedi pizzas que chegaram mais rápido que aquela ambulância. Por sorte, meu celular tocou e me despertou da minha espiral de indignação e ecstasy. Era minha amiga Carey. Atendi conforme uma onda de amor e estima arrebentava em meu cérebro.

— Ei, Carey, estou tão feliz com sua ligação! Como você está?

— Oi, Ry, estou na esquina da sua rua. O que você está fazendo?

— Estou sentado em um engradado de leite em minha loja de bebidas, numa rebordosa de ecstasy.

— O QUÊ?

— O vendedor achou que eu precisava de uma ambulância, então chamou uma. Vão chegar em breve.

— Uma ambulância? Mas você parece bem!

Carey tinha razão. Eu parecia relativamente bem. Sentar no engradado de leite por quinze minutos havia cortado a onda, e agora eu me sentia quase normal de novo.

— Eu sei, mas já foi solicitada. Não posso simplesmente ir embora.

— Pode, sim. Ryan, uma volta de ambulância custa, tipo, quatro mil dólares. Apenas suma daí, e eu encontro você em seu apartamento em dois minutos.

Como se tivesse sido ensaiado, comecei a ouvir sirenes. Então era isso. Eu podia ficar e passar a noite no hospital, ou ir para casa e assistir a um show de luzes estrelado por Carey em minha sala de estar. Eu me levantei do engradado de leite.

— Ei! — gritou Tommy. — Não se mexa. Sua ambulância está chegando!

— Ryan, não dê ouvidos a ele! — berrou Carey no celular. — Fuja!

Inspirei fundo, articulei um pedido de desculpas para Tommy e deixei rapidamente a loja. Enquanto saía, troquei um olhar de compreensão com um paramédico que saltava da ambulância destinada a mim, então corri como um louco até meu apartamento.

— Escapei da ambulância! — gritei ao telefone. — Consegui!

Quando cheguei em casa, Carey apareceu e massageou minhas costas e me mostrou looks engraçados no YouTube. Fui para a cama quando o sol nasceu e acordei mais tarde com a impressão de que o MD tinha cagado em meu cérebro e em meu corpo. Para me livrar da sensação, eu me encontrei com alguns amigos e tentei transformar minha terrível experiência em um divertido assunto para um brunch. Eu era bom nisso: processar uma situação dolorosa e humilhante e transformá-la em combustível para a alegria alheia. Meus amigos gargalharam com minha história, especialmente quando citei a fuga da ambulância, mas não consegui acompanhá-los de verdade. Aquela merda havia deixado sua marca. Minhas cagadas na faculdade não causaram muito impacto, até porque todos estavam no mesmo barco. No entanto, as coisas eram diferentes agora. Já fazia um tempo desde que tinha mijado nas calças de tanto rir ao ver um amigo bêbado beijar o chão, ou saído para a balada com um amigo que fazia tudo parecer possível. Agora apenas parecia que eu estava tentando destruir minha vida. Não tinha a noção de que quando se desafia, repetidas vezes, a própria vida a implodir, eventualmente ela atende. Mas era o que eu fazia. Chega uma hora que não faz mais sentido se arriscar para ter uma história para contar. Todas as ocasiões em que coloquei minha vida em risco, literalmente correndo de encontro aos carros, bebendo demais ou usando drogas, logo revelariam suas consequências, o que faria com que cada passo do caminho até elas parecesse moleza.

GERAÇÃO TARJA PRETA

UMA DAS peculiaridades de ser jovem é se sentir invencível. Aos 23 anos, mandar uma carreira de cocaína com uma pitada de ácido para dentro não parece má ideia, porque uma reação negativa sequer é admissível. Um jovem gay faz sexo sem proteção porque está certo de que uma DST não faz parte do seu destino. Isso, claro, não é uma atitude viável. Eventualmente, você se dá conta das consequências de suas ações e, assim que acontece, sua juventude exala o último suspiro. Acontece com todo mundo... a realização de que a vida é algo real, não um cinzeiro para apagar seu cigarro.

Minha epifania/agonia veio no inverno de 2012, depois de passar os nove meses anteriores puxando a casca da ferida *experiências de vida*. Se você stalkeasse meu Twitter ou Facebook naquela época, com certeza acharia que eu estava no caminho certo. *Uau!*, diria para si mesmo.

Olhe só esse jovem maduro e bem-resolvido rumo ao sucesso! Com licença, preciso afogar as mágoas em sanduíches de inveja e manteiga de amendoim. Embora eu tivesse comemorado meu aniversário de 24 anos sem um emprego ou perspectivas, muita coisa havia mudado. Agora eu escrevia em tempo integral para o *Thought Catalog*, produzindo artigos virais de todo o tipo e conseguindo alguns freelas bacanas para o *The New York Times*. As coisas corriam à perfeição, ou assim parecia. Assim como meus colegas, eu desenhava minha vida com cuidado, postando apenas fotos divertidas em festas razoavelmente hypadas e compartilhando links dos meus artigos. Já minha vida offline era outra história.

Quando me mudei para Nova York, consumia drogas como todos os outros: para desestressar depois de uma semana de trabalho, como o ingresso para um despreocupado mundo de algodão-doce e arco-íris. Houve vezes em que exagerei, como na terrível história que acabei de contar sobre meu encontro com Michael Douglas, mas a experimentação era, em sua maior parte, inofensiva... Bem, até eu começar a brincar com drogas lícitas. Logo as coisas foram de sofisticadas a sombrias.

Experimentei Vicodin pela primeira vez aos 19 anos. Uma amiga ficou com uma sobra depois de extrair um siso e a deu para mim, porque o analgésico a deixava enjoada. Em casa, engoli quatro comprimidos e pensei *Ah. É assim que as drogas deveriam agir. Saquei. Coca, ecstasy, maconha: adeus.* Foi amor à primeira ingestão, por isso tive certeza de que eu deveria me manter longe daquilo. Dois anos depois, quando fui atropelado, ganhei um fabuloso acesso vascular de morfina por três semanas, então recebi alta do hospital e me enviaram para casa com um tonel de analgésicos. Embora fosse tentador mandar um *Foda-se. A vida é uma merda e vou passar o próximo ano em um casulo quente de amor opiáceo*, exercitei alguma força de vontade e usei minha receita apenas para tratar a dor física.

Corta para alguns anos mais tarde: estou trabalhando em período integral e alcancei um módico sucesso. A cada marco profissional ultrapassado, a ânsia da autossabotagem ficava mais forte, embora soubesse que não era o momento para ferrar com tudo. Devia ter feito isso na faculdade, quando meu único emprego era encontrar meu verdadeiro eu e pegar caras da minha turma de gênero e sexualidade chamados River. Agora eu precisava ser esperto e passar o tempo livre fazendo ioga ou qualquer outra coisa na moda para jovens profissionais saudáveis. Mas não fui capaz de fazer a escolha certa. Então, em vez disso, me tornei o drogado sem futuro.

A primeira vez que fui apresentado a minha fornecedora foi em um evento social. Na verdade, nem suspeitava de que ela traficasse, porque era bonita, jovem e de uma família tradicional. Seu nome era Olivia, e a conheci através de novos amigos meus, em um dia escaldante de maio, em 2011. O inconveniente de usar muita droga é que você precisa de uma nova vida social. Nenhum dos meus amigos de verdade jamais se sentiria à vontade em testemunhar minha derrocada. Eles tinham que encontrar alguém para o brunch ou sair com o namorado ou ler o horóscopo. Derreter no sofá de algum desconhecido depois de tomar três comprimidos de Oxicodona no meio da tarde não se encaixava na agenda.

Por sorte, eu estava em Nova York e com vinte e poucos anos; encontrar jovens que quisessem riscar o fósforo e queimar suas vidas até o talo era fácil. Eu estalava os dedos e lá estavam: minha armada particular de meninas más. Cassie, Maggie, Lily e eu havíamos nos conhecido na universidade. Eu as observava perambular pelo pátio usando calças com *animal print* e jaquetas jeans detonadas, fofocando e fumando como chaminés. *Quem são essas divas caóticas?* Eram como três Edie Sedgwicks modernas, mas sem o ar de pássaro ferido. Suas feições eram afiadas, e um simples olhar podia cortar. Conversei com uma delas pela primeira vez em um elevador, no alojamento. Cassie vestia o mesmo casaco que eu, mas em uma cor diferente, e ela abriu um meio sorriso.

— Belo casaco — rouquejou. Sua voz parecia permanentemente banhada em uísque e Marlboro vermelho.

— Ah, obrigado — guinchei. — Tem planos para hoje à noite?

Ela revirou os olhos.

— Tem esse lance na Beatrice, mas não tô querendo ir. É um tédio às quintas.

Beatrice Inn era a resposta da Nova York moderna ao Studio 54. Uma pequena boate frequentada por celebridades e It Girls que saíam tão rápido quanto chegavam. Eu já tinha ido duas vezes, mas só porque estava com meninas bonitas e cheguei cedo.

— Sim, sei o que quer dizer — argumentei, rindo.
— Pode parecer um cemitério às vezes, de tão morto.

As portas do elevador se abriram, e Cassie se despediu antes de desaparecer como um corvo na noite.

— Uau! — murmurei para mim mesmo. — Ela é, tipo, incrível.

Houve alguns breves encontros depois daquele, mas nossa amizade não engrenou até eu começar a degringolar. Depois da formatura, Cassie e Maggie haviam fundado uma banda punk que estava fazendo certo sucesso. Em uma tentativa frustrada de travar amizade, eu as entrevistei para o *Thought Catalog*. Cheguei ao chiqueiro — *loft* — delas em Bushwick, e tomamos analgésicos e conversamos sobre música. Eu estava inebriado. Mesmo aos 24 anos, ainda queria que garotas descoladas e indiferentes gostassem de mim. Depois daquela noite, passamos a nos encontrar com certa regularidade, mas sempre no intuito de nos drogar. No dia que cruzei com Olivia, tinha acabado de comprar Oxicodona de um esquisitão chamado Magic Bobby e estava a caminho de um parque para encontrar as meninas. Quando cheguei, elas dançavam na grama, movidas a cogumelos.

— Ai meu Deusssssss, tããããäo feliz que você chegouuuuu — disse uma delas, jogando os braços trêmulos em mim. — Vamos arranjar algum álcool e levar para o apartamento de Lily.

Cumprimentei Olivia, que não apenas se movia a cogumelos, mas corria. Toda vez que saía com essas meninas, algo sempre parecia errado, mas ninguém se importava o bastante para reconhecer isso. Você podia aparecer com um olho roxo e um braço quebrado, e elas apenas diriam *Belo gesso! Tem Adderall aí?*

Fomos para o apartamento de Lily, que parecia uma cruza de casa de cracudo com uma assinatura da revista *Nylon*. Eu me perguntei o que aconteceria se essas garotas levassem para casa um cara que não fosse um usuário de drogas degenerado. Tipo, e se Lily aparecesse com um corretor chamado Chad? Ele ia dar uma olhada em seu quarto — coberto de folhas de alumínio, canudos para cocaína e cachimbos de vidro — e sair correndo. Drogados não interagem com os Chads do mundo; eles falam uma língua triste que poucos entendem.

No segundo que as meninas se jogaram no sofá detonado de Lily, começaram a esvaziar garrafas de chantilly. Então, depois de acabarem com elas, entornaram cerveja, fumaram um pouco de maconha, tomaram alguns comprimidos e compraram um pouco de coca de seu fornecedor. Fiquei sentado lá, chapado de Oxicodona e incapaz de processar aqueles pequenos vislumbres de carne branca à frente. Tomei outro comprimido para me ajudar a não tentar entender.

— Ei! — Olivia me deu um tapa no ombro. — Onde conseguiu isso?

— Magic Bobby.

As garotas começaram a rir de um jeito assustador.

— Ah, merda. Você compra com Bobby? Ele é péssimo.

Bobby *era* péssimo. Consegui seu telefone com um amigo, algumas semanas antes, e estava espantado com o quanto era um traficante incompetente. Todo dia, ele mandava uma mensagem de texto com o menu: *Olá, xuxus! Estou com meus amigos Maria Juana, Rita e*

Michael Douglas. Me avisem se quiserem encontrá-los! Imediatamente eu respondia com um *Por favor! Onde vocês estão?*, mas, então, ele só respondia dois dias depois. Ou respondia logo, e eu acabava em uma busca desenfreada pelo Brooklyn e por Manhattan. Eventualmente, eu o encontrava em alguma esquina, e fazíamos a troca em plena luz do dia. Às vezes eu ficava tão desesperado que aparecia em um de seus shows de rap e esperava até ele terminar sua performance para elogiá-lo. *Ótimo trabalho. Você tem mesmo talento. Pode me vender dez comprimidos de Oxicodona agora?*

— Você devia pegar meu telefone — disse Olivia. — Tenho Oxicodona e todas essas merdas. E não sou maluca.

— Ai, meu Deus, seria maravilhoso — guinchei. — Muito obrigadoooo.

Depois de anotar o telefone de Olivia, fui para casa. Conforme caminhava até o trem, olhei para as nuvens, que pareciam bolas de sorvete pingando em uma extensão azul, e senti os últimos suspiros de Oxicodona abrindo caminho até meu cérebro. Estava quase sóbrio quando cheguei ao apartamento e joguei meus ossos gelatinosos na cama. Não conseguia parar de pensar no que tinha acabado de vivenciar. Qualquer pessoa em sã consciência teria observado a vida daquelas garotas e pensado *Hmm, foi divertido, mas vou voltar à tediosa terra de pessoas normais!*, mas não eu. Aquilo era apenas o começo.

Aos 24 anos, eu estava sempre a uma má decisão, um encontro fugaz, um comprimido de distância da pior versão de mim mesmo. A oportunidade de apertar o botão e mandar minha vida pelos ares me provocava.

Quando tomei a decisão de ter um traficante e sair com drogados, tinha consciência dos riscos. Só não me importava. Havia passado os anos anteriores testando a temperatura da piscina da autodestruição, e agora queria mergulhar de cabeça e me afogar em suas águas.

Algumas semanas depois de trocar Magic Bobby por Olivia, que era uma fornecedora bem mais confiável, decidi eliminar o atravessador e consultar um profissional para conseguir minhas drogas. Com meu histórico médico, achei que era só dizer *Paralisia cerebral. Síndrome compartimental. Ai*, e imediatamente ganharia uma receita de Vicodin ou Oxicodona. Um amigo me recomendou um Dr. Felicidade, especializado em receitar comprimidos como se fossem multivitamínicos, então agendei uma consulta.

Quando entrei no consultório, esperava ver uma sala cheia de drogados inquietos, mas, em vez disso, me vi cercado por intratáveis garotas brancas chamadas Amy usando tênis Isabel Marant e perfume Marc Jacobs Daisy. Essa era a nova cara dos viciados em comprimidos: ricas, divas inconstantes do mundo corporativo que precisavam de Adderall para render no trabalho e de Zolpidem para dormir.

— Hmm, onde está o Dr. Kearns? — uma delas latiu para a recepcionista enquanto preenchia o formulário de admissão. — Vou passar dois meses na Europa e preciso de receitas de Venvanse e Rivotril!

— Ele está atrasado hoje — explicou a recepcionista, exausta.

— Porra! Ele está sempre atrasado — sibilou Amy, antes de voltar bufando a seu lugar.

Depois de um chá de cadeira de meia hora, enfim o Dr. Kearns estava pronto para me ver. Comecei a suar em bicas. E se ele me desmascarasse e chamasse a polícia? Pior: e se apenas dissesse *não*? Meu nervosismo passou no segundo que ele entrou na sala. O homem parecia sem fôlego e aéreo, mal olhando para mim enquanto me dava um aperto de mão frouxo. Alguma coisa me dizia que não teria escrúpulos em me receitar drogas.

— Oi, oi, oi — cumprimentou o Dr. Kearns, sentando-se e examinando minha ficha. — O que traz você aqui, ahn, Ryan?

— Bem, tenho sentido muita dor...

— Certo, certo.

— Porque tenho paralisia cerebral.

— Ah-ham.

— E síndrome compartimental.

— Sim.

— Por isso, tipo, sinto muita dor.

— Então você sofre de desconforto noturno por conta da síndrome compartimental — disse o Dr. Kearns, rabiscando em minha ficha. — E dor constante por conta da paralisia cerebral. Ok, ótimo.

Conhecia o Dr. Kearns havia apenas dois minutos quando ele me receitou sessenta comprimidos de Vicodin com refil. Depois disso, continuei a consultá-lo a cada poucos meses. Certa vez, pedi Alprazolam com a desculpa de ter medo de voar, e ele me receitou noventa comprimidos.

— Não, não... É muito! — protestei. — Só preciso de um pouco.

— Não é como se fosse vender no mercado negro! — Ele riu, em uma rara demonstração de emoção. — Além do mais, uma overdose é impossível. Se misturar com bebida ou outras drogas, sim, mas se tomar sozinho, está tudo bem.

Um Dr. Felicidade não é apenas para pessoas com *problemas com drogas*. É para todos os tipos de Millennials. Enquanto meus pais foram criados com maconha e drogas psicodélicas, faço parte da Geração Tarja Preta. Muitos dos meus colegas cresceram saqueando o armário de remédios dos pais, e descobriram que os comprimidos são a droga perfeita. Em vez de consegui-los na rua, basta sentar em um agradável consultório por trinta minutos e comprar suas drogas em uma farmácia. Confesse às pessoas que você está tomando Alprazolam para suas crises de ansiedade e vai ouvir um *Boa ideia. O que me lembra: preciso comprar mais!* Ninguém julga. Na verdade, nossa cultura praticamente exige que nos automediquemos. Estamos em constante sobrecarga de informação, e a pressão para ficar conectado e executar tarefas com uma performance sobre-humana jamais foi tão alta. Usar drogas para expandir a mente e ficar deitado em um prado o dia todo não tem qualquer relevância. Hoje em dia, nós nos drogamos para não afundarmos.

Depois de um longo dia de trabalho, em vez de me acalmar com uma taça de vinho, tomo um comprimido, rastejo até a cama e assisto à Netflix até chapar. Quando você usa analgésicos, alcança um estado de sono em que perde e recupera a consciência. Seus lençóis parecem braços prontos a envolvê-lo. É adorável. Você nem se importa se não está dormindo, porque, quando está adormecido, não pode se sentir chapado, e, se não pode se sentir chapado, não vale a pena sentir nada.

Naquele verão, comecei a tomar comprimidos todos os dias e floresci no trabalho. À noite, comparecia a algum evento da mídia nova-iorquina antes de correr até o apartamento vagabundo de Olivia, no Lower East Side, para apanhar meus comprimidos e assistir a alguma mulher dopada de heroína se maquiar por cinco horas. Consigo me lembrar daquele verão com uma clareza que ainda me deixa vertiginosamente nauseado. Eu me lembro de sentar na janela do meu apartamento na East Seventh, as pernas penduradas para fora, o ar banhando meus pés, enquanto chupava picolés de tangerina e escutava Charlie Parker; me lembro de tomar Oxicodona no Sheep Meadow do Central Park e de deitar ao sol antes de caminhar os sessenta quarteirões de volta a meu apartamento, no centro; me lembro de ficar muito chapado e pegar um garoto estúpido, chamado Jake, cujos lábios pareciam um gigante edredom para minha boca. A vida parecia perfeita. Tudo que haviam me ensinado sobre drogas parecia propaganda enganosa. Elas não arruinavam minha vida. Elas a enriqueciam.

Isso é o que as drogas querem que você pense. Elas invadem sua vida parecendo o último biscoito do pacote, e, antes que se dê conta, os dois estão completamente apaixonados. Tudo é maravilhoso, só que não. Então você começa a vislumbrar reflexos de instabilidade e frieza. Você se convence de que é apenas uma fase ruim e que as coisas logo voltarão ao que eram no começo, mas nunca acontece. Assim que vê as rachaduras, você não vê mais nada.

As rachaduras em minha vida começaram a aparecer em outubro, talvez novembro. Lily, Cassie e Maggie se mudaram para a Califórnia e praticamente nunca mais nos falamos. Soube que Maggie se internou em uma clínica de reabilitação e Cassie virou passeadora de cachorros. Não faço ideia do que houve com Lily. Olivia foi a única que continuou na cidade, então eu passava cada vez mais tempo com ela. Seu apartamento estava sempre lotado de drogados inalando base livre de Oxicodona, um analgésico que faz o Vicodin parecer aspirina infantil. A fumaça sempre tinha um cheiro doce, como cravo. Fumar a forma pura havia destruído os pulmões de Olivia, e ela sempre deixava uma caneca à mão, onde cuspia o catarro. A garota tinha apenas 21 anos. Se eu estivesse sóbrio, teria dado uma olhada na situação e falado *XOXO, tchau, garota*, mas como estava doido, só pensei *Ah, isso é tão engraçado e sofisticado. De quem é essa caneca de catarro? Que linda! Você pode vendê-la no Etsy e ficar rica!*

Meus outros amigos não tinham noção da minha escalada nas drogas. Sabiam do meu amor pelos analgésicos e às vezes até mesmo consumiam alguns comigo, mas não faziam ideia de que eu comprava drogas debaixo de uma autoestrada, às 14h, e saía com pessoas que usavam base livre. Estava cada vez mais difícil esconder minha realidade deles, em especial porque meu comportamento se tornava inconstante. Alternava momentos de extrema euforia com chiliques monumentais por coisas tão bobas quanto uma fila grande no supermercado. Eu tinha tolerância zero para o inesperado. As drogas estavam comendo meus mecanismos de defesa e me transformando em um pré-adolescente temperamental.

A certa altura, fiquei paranoico, achando que a Oxicodona me fazia parecer um doente, então decidi investir nos melhores cremes para a região dos olhos, máscaras faciais e colônias. Comprei até um perfume que cheirava a *Senhora Rica com o Pé na Cova* — e me borrifava com ele todo dia antes de dormir — para que pudesse me sentir superglamouroso. Infelizmente, nenhum dos produtos que comprei melhorou minha aparência. Os comprimidos deixaram meu rosto tão inchado e disforme que eu parecia o Linguado, de *A Pequena Sereia*. Com certeza, encher a cara de barras de chocolate também não estava ajudando. Lembra o look heroína chique? *Não* me caiu bem. Opiáceos despertavam minha sanha por doces. Depois de tomar meus comprimidos, meu ritual noturno incluía visitar a loja da esquina para comprar uma enorme garrafa d'água e uma barra de chocolate importado. Então eu ia para casa, deitava e comia a coisa toda em segundos. Minha colega de apartamento soube que havia algo errado quando encontrou incontáveis embalagens de chocolate jogadas pela casa, então abriu a geladeira e foi cumprimentada com um *Oi, sou viciado em drogas lícitas!*, gritado em uníssono pelo pudim de arroz, sorvete e morangos. Mas ela provavelmente achou que eu estivesse apenas descontando minha tensão em comida.

Quando não estava comendo chocolate compulsivamente ou me hidratando em excesso, eu apagava em público. Apagar não é pegar no sono. É quando você está tão doido que mal consegue manter os olhos abertos. Uma vez, no ápice dos meus problemas com as drogas, minha família veio me visitar em Nova York. Estávamos todos em um táxi, indo para o museu, quando comecei a cochilar contra a janela.

— Ryan! — sussurrou minha irmã. — Por que está pegando no sono só de fechar os olhos? Está tudo bem?

— Ah, sim. Desculpe — balbuciei, assustado. — Só estou muito cansado...

Minha mãe estava sentada no banco da frente e continuou em silêncio, embora soubesse do meu vício. Algumas noites antes, estávamos procurando alguma coisa em minha bolsa quando ela viu que eu tinha um frasco de Vicodin escondido em um bolso lateral. Inspirei fundo e me preparei para usar a volta da dor da minha síndrome compartimental como desculpa, mas, felizmente, não precisei fazer isso. Em vez de me confrontar, ela apenas fechou minha bolsa e me perguntou onde eu gostaria de jantar. Meu pai fazia a mesma coisa. Sempre que o visitava na Califórnia, eu roubava vários frascos de analgésicos do armário do banheiro. Quando eu voltava para Nova York, ele me ligava e eu pensava *É agora. Chegou o momento em que meu pai se dá conta de que venho roubando seus comprimidos e preciso confessar.* Mas ele jamais deu um pio.

Não culpo meus pais por fazerem vista grossa. Eu era adulto e vivia uma vida independente em Nova York. Minha questão com as drogas só dizia respeito a mim, e nada do que fizessem poderia ter mudado alguma coisa. Mas é fascinante testemunhar o grau de negação que alguns pais desenvolvem em relação aos filhos. Eles se lembram dos troféus, dos boletins escolares, do namorado bacana que você leva para casa no Natal, mas escolhem se esquecer das grosserias e dos longos períodos de desemprego e da conta da clínica de DST no boleto do plano de saúde. Sempre que voltava para casa nos feriados, eu interpretava uma versão de mim mesmo aprovada por meus pais. Eu lhes presenteava com seu garoto especial, mesmo quando seu garoto especial estava roubando todos os seus comprimidos e se comportando como o capeta. Ser um fodido é uma verdade inconveniente que muita gente prefere ignorar. Vivemos em uma cultura que só se interessa por autoaperfeiçoamento. A garota que passa pelos vinte anos como uma zumbi, experimentando todas as drogas, secretamente deseja ser a primeira a sossegar, apenas para mostrar o quão longe chegou. O *workaholic* estressado lê *Keep Calm and Carry On*, experimenta ioga e se transforma em uma pessoa completamente diferente. Viva! Estamos sempre tentando nos livrar das qualidades que possam ser consideradas caóticas. Queremos negar qualquer parte de nós que sinta prazer no erro quando, na verdade, você pode vivenciar uma paz verdadeira ao destruir a si mesmo.

No dia 31 de dezembro de 2011, cheguei a um novo fundo do poço em minha carreira de viciado quando decidi tomar um punhado de Oxicodona e dormi até quase perder meus planos para o Ano-Novo. Mais cedo naquele dia, saí para comer com um amigo e não parava de cochilar sem querer no restaurante. Eu me desculpei por estar *tão cansado* e voltei para casa com toda a intenção de tirar uma soneca a fim de me preparar para as festividades daquela noite, mas as drogas tinham outros planos. Quando acordei do cochilo, olhei meu celular e vi que eram 22h45. Devia ter chegado à festa havia uma hora. Em pânico, liguei para meu amigo.

— Ei. Desculpe. Espetei o dedo em uma roca e acho que posso ter dormido demais. — *Por favor, ria. Por favor, não descubra a merda em que estou vivendo.*

— Que porra aconteceu, Ryan? É Ano-Novo, a única noite do ano em que ser pontual faz diferença.

— Eu sei, eu sei, mas estou a caminho. — Joguei uma roupa no corpo, corri os quinze quarteirões até a festa e apareci antes de o relógio bater meia-noite. Quando abri a porta, estava desanimado com o clima alegre. As pessoas haviam caprichado no visual e borbulhavam com energia. Agiam como se estivessem, de fato, felizes. Para disfarçar, fiz minha melhor personificação de pessoa se divertindo, e todo mundo caiu. Até então eu era um perito em agir normalmente e esconder o fato de que, por dentro, me sentia mais morto que um cadáver. Conforme voltava para casa, às 2h, pensei na perfeita resolução de Ano-Novo para 2012: ficar acordado, seu merda.

Tentei largar os analgésicos muitas vezes, mas jamais consegui. Viajava até Los Angeles por algumas semanas para ficar limpo, então adiantava a volta para Nova York a fim de me drogar. Ou jogava os comprimidos que conseguia com o Dr. Kearns pela privada e apagava o número de Olivia da memória do celular, o que funcionava por alguns dias, até bater o desespero e eu lhe mandar uma mensagem pelo Facebook dizendo *Oi, gata. Roubaram meu telefone e perdi todos os meus contatos. Pode me passar o seu?* Quando, enfim, me sentia aflito de verdade, comparecia a reuniões do N.A. ou A.A., mas em vão, porque não me identificava como um viciado. Minha única esperança de melhora era torcer para que acontecesse algo que me fizesse cair em mim e desistir das drogas de vez. Para muitas pessoas, o fundo do poço chega como um horrível acidente ou uma overdose, mas tive sorte. Tudo de que precisei foi um pau mole.

De algum modo, em meio às drogas e aos bilhões de posts diários para o *Thought Catalog*, embarquei em um ciclo de palestras em universidades. Muito embora tivesse alcançado algum sucesso como blogueiro, eu me sentia uma fraude aconselhando alguém quatro anos mais jovem sobre como conseguir um emprego de redator. Se fosse honesto, minha dica principal seria: encham a cara de opiáceos e escrevam algum post cafona sobre o amor. Foi o que funcionou para mim.

Uma das faculdades que me convidaram para o bate-papo foi a McGill, em Montreal. Nunca tinha ido ao Canadá antes; eu estava empolgado com a visita, mas preocupado que minha crescente dependência de analgésicos pudesse me impedir de juntar duas frases coerentes, quanto mais inspirar um bando de estudantes. Já que jamais pisaria em uma dessas instituições chapado — até um lixo drogado como eu tinha escrúpulos —, a ideia era aumentar o consumo até a viagem, então começar a maneirar no dia da palestra. Um plano idiota (por que você submeteria seu corpo à abstinência justo quando precisava mais que nunca das drogas?), mas pensamentos racionais tinham abandonado meu cérebro havia muito tempo.

Voei para Montreal no meio de janeiro. O frio cortava como faca, e eu começava a esmorecer. Quando cheguei ao evento, percebi que aquela não era uma reunião casual e íntima na qual eu poderia improvisar, mas um auditório com duzentas pessoas. Minhas pernas começaram a tremer. Visões de um Ryan desmaiando ou — pior — vomitando o palco inteiro, no estilo *O Exorcista*, se infiltraram em minha mente. Mas, então, algo realmente espetacular aconteceu. Quando comecei a falar, uma sensação de paz me envolveu e me dei conta de que podia fazer aquilo. Não sei como as palavras e piadas brotaram da minha boca, mas aconteceu: tudo deu certo e as pessoas riram e aplaudiram e tiveram a versão de mim que queriam naquela noite.

Depois que a palestra acabou, planejava voltar ao hotel sozinho e deixar meu corpo purgar a abstinência, mas minha amiga Laura, que mora em Montreal, me convenceu a sair para jantar com ela e alguns amigos, um deles chamado Sam. Gay, lindo e pálido, Sam tinha cabelo louro e olhos azuis cristalinos. Durante o jantar, eu o evitei porque estava tímido e me sentindo intrepável. Quando você toma opiáceos, seu impulso sexual sai para comprar cigarros. Como seu cérebro vivencia mil pequenos orgasmos todos os dias, você se esquece totalmente da existência dos sexuais. Ainda me envolvia em ocasionais amassos, mas, quando chegava a hora do vamos ver, eu mandava um *Ei, você se importa de apenas nos abraçarmos por dez mil horas enquanto toco sem parar a mesma música da Exaustão?* Mesmo se não estivesse me sentindo meio assexuado, jamais daria em cima de Sam, porque ele era muita areia para meu caminhãozinho. No espectro da sedução, eu caía no deprimente meio. Pessoas como eu não são feias, mas a aparência não nos leva para a cama. Temos que encantá-los com nossa personalidade e deixá-los devidamente intoxicados antes que fiquem *Ok. Claro. Estou com bastante tesão para fazer isso.* Sam, por outro lado, poderia ter merda no lugar do cérebro e, ainda assim, falariam *Que interessante. Me deixe ver seu pau.*

Depois do jantar, fomos todos a um bar. Eu já estava quase bêbado, o que ajudou a aliviar os sintomas da minha crise de abstinência, e me divertindo. De vez em quando, flagrava Sam me encarando. Achei que fosse porque meu rosto tremia com a falta de Oxicodona, mas, então, Laura me puxou em um canto e me disse:

— Cara, acorda! Sam está a fim de você.

— Não, não está.

— Está. Ele acabou de falar.

Sério? Estou dez quilos acima do peso, não faço cocô há cinco dias e meu rosto é uma coreografia involuntária da Macarena, e você me diz que esse gato quer fazer coisas sexuais com meu corpo? Não podia perder essa abençoada oportunidade. Quando alguém atraente decide que quer fazer sexo com você, você tem que concordar. É a lei. Sentei ao lado de Sam no sofá e conversamos por alguns minutos. Ambos sabíamos que aquele era o caminho para a terra da pegação, então cada palavra que saía de nossas bocas parecia um obstáculo para que pudéssemos chegar à boca *do outro*. Impaciente, tomei a iniciativa e o beijei. Com dois golpes de língua, estávamos nos pegando como um casal de monstros excitados. Pedi a ele que me acompanhasse até meu hotel, poupando, assim, olhos inocentes da visão da minha pessoa devorando o rosto de alguém. Quando chegamos ao meu quarto, rolamos na cama naquela dança da incerteza em que não se sabe se ambos querem se comprometer com uma foda completa, então apenas se provocam até que um cai no sono ou dá o passo seguinte. Sam não queria dormir; queria foder e/ou possivelmente pagar e ganhar um boquete vigoroso. Ele tirou a cueca, revelando um pau tão duro e formidável que poderia estar na capa da *Vogue*. Comecei a tirar minha cueca também, mas, quando baixei o olhar, vi algo tão terrível que me fez arquejar. Meu pênis estava flácido. Voltei a beijar Sam na esperança de que animasse as coisas ao sul. Apertei sua bunda e acariciei seu pau. Tentei até mesmo a boa e velha sacanagem falada. Ainda nada. Não podia acreditar. Jamais tivera qualquer problema para ficar duro antes, e olha que já transei com verdadeiras gárgulas. Agora que estava com um dos caras mais gatos que meu pênis havia tido o prazer de conhecer, ele decidiu me dar um perdido.

— Me desculpe, Sam — lamentei, o rosto vermelho de vergonha. — Acho que estou muito bêbado ou coisa assim. Isso nunca aconteceu antes.

— Tudo bem — garantiu Sam, de um modo que me fez acreditar. — Não tem importância.

Na manhã seguinte, Sam acordou e, em vez de dar o fora, passou um bom tempo na cama comigo. O trauma da noite anterior parecia ter sido apagado de sua memória, e agora tudo o que queria fazer era ficar de conchinha e brincar debaixo das cobertas. Foi ótimo. Deitado na cama, as pernas entrelaçadas às de outro alguém, eu me dei conta de que estava, pela primeira vez em quase um ano, vivenciando uma intimidade real. Era algo que havia me obrigado a esquecer. Tinha esquecido a sensação de acordar ao lado de alguém, então envolvê-lo nos braços; a terrível boca seca e o mau hálito, a respiração que escapa de seus lábios e acerta a bochecha da outra pessoa. Existem pessoas no mundo que vivem essa proximidade todos os dias, e ali estava eu, abalado até o âmago por causa de uma aventura de uma noite que se revelou inesperadamente meiga.

Comecei a perceber do que abrira mão pelas drogas. Cada noite de diversão com a gangue das Gatas Chapadas, cada manhã que passei alucinado, escrevendo um post para o trabalho, se converteram em noites solitárias com um pau mole, e eu nem tinha me dado conta. Comprimidos são sacanas: me colocavam para dormir, então, devagar, roubavam minha fortuna no meio da noite — tão devagar, na verdade, que mal notei o que já tinham levado. Eles levaram meu desejo de amar, de sentir alegria, até mesmo de aparecer na festa de aniversário do meu melhor amigo. Levaram tudo, pouco a pouco, até o dia em que acordei e vi que minha vida havia se convertido em nada além de estática.

Ficar com Sam me fez despertar. Pela primeira vez, não queria pegar minhas roupas e correr para minha confortável caverna de isolamento, para as drogas e a internet. Queria ficar e me banhar em sua afeição. Queria que me abraçasse mais forte e por mais tempo. Queria que me dissesse que eu podia ter algo real, que ainda não era tarde para uma mudança. A cada segundo passado com ele, eu compreendia, mais e mais, como minha vida havia se tornado sem significado. Eu vinha enganando a mim mesmo, acreditando que todos os meus novos amigos e minha felicidade repousavam em alicerces genuínos, quando, na verdade, tinham raízes nas drogas. Nada havia sido real. Quando você se droga, não quer ver as coisas como são, então, em vez disso, escolhe encarar a ilusão.

Naquela manhã, eu me dei conta de que tinha uma decisão a tomar. Ainda podia deixar que as drogas ditassem minha vida, arruinassem meu corpo e me isolassem das pessoas que mais importavam. Podia continuar a usar cremes sofisticados para disfarçar meu cadáver em decomposição, ir a festas onde todo mundo parecia vivo, menos eu, e podia perder tempo com pessoas que nada sabiam sobre mim, exceto que meu comprimido preferido é um Oxicodona de 325 mg. Podia roubar os remédios dos meus pais e obrigá-los a chafurdar ainda mais em negação, podia torrar todo o dinheiro do meu acordo judicial em drogas, pedir demissão e me tornar um drogado em tempo integral, cuja vida parece fantástica até as drogas acabarem, então se torna uma enxurrada de mensagens, muito pânico, muita raiva e muito do seu corpo batendo pino enquanto não consegue um pouco mais daquele veneno que usa como combustível. Ou podia parar de tomar aqueles comprimidos e ter a vida que todos merecem. Uma vida agradável. Uma vida boa. Talvez até uma vida chata.

Quando voltei a Nova York, parei de procurar os traficantes e meu médico corrupto e, aos poucos, juntei os cacos do meu cérebro. Fazer a escolha certa jamais tinha parecido tão gratificante.

Quem nunca teve problemas com drogas às vezes sente dificuldade em entender os lugares sombrios a que podem nos levar. Mas qualquer pessoa já passou por um momento na vida em que fez coisas que a machucassem simplesmente porque não queriam se sentir bem. Você acredita que *bem* é para gente velha, que não sabe como se divertir, e tudo o que quer é testar quanta dor seu coração pode suportar antes de o dano se tornar irreparável. Você quer fazer coisas ousadas, como levar um babaca para casa, porque tem certeza de que isso vai revelar uma importante verdade sobre si mesmo, algo que precisa descobrir antes de seguir com sua vida. Mas a única verdade que dormir com babacas expõe é um total vazio e um ocasional herpes.

Tem gente que está progredindo na vida, e tem aquelas pessoas que deixam tudo desmoronar. Eu me lembro de que, quando usava drogas, observava gente da minha idade e pensava *Como conseguem levar uma vida tão funcional?* Parecia que eu estava recebendo pequenos testes da vida adulta, nos quais era reprovado diariamente e com louvor. Algo não se encaixava e, quanto mais tempo passava, mais eu me sentia alienado. Em meu triste cérebro, eu pensava *Vocês podem continuar com seus relacionamentos toscos e hábitos alimentares saudáveis, mas tenho minhas drogas maravilhosas, então quem é o fracassado aqui?*

Muitas pessoas se sentem do mesmo jeito que eu me sentia (e, às vezes, ainda sinto), e a maneira como lidam com isso é mergulhando cada vez mais num limbo onde nada pode feri-los. Algumas jamais se recuperam, mas tive a sorte de me assustar de verdade. Quando realmente prestei atenção em minha vida e vi a bagunça que havia criado, disse a mim mesmo *Viado, você não foi mumificado em gesso, rodou por aí em uma cadeira de rodas, usou uma tipoia, foi atropelado por um carro e perdeu os movimentos da mão esquerda apenas para engolir quatro Oxicodona e esfregar um creme de duzentos dólares nos olhos. SE ORIENTA.* Acho que, em parte, sucumbir a um vício em comprimidos foi uma provocação ao mundo. Crescer com paralisia cerebral e me envolver em um acidente automaticamente me transformaram em um menino de ouro. Todos estavam encantados com meu progresso, o que criou um ressentimento inesperado. As pessoas contavam comigo para transformar minha má sorte em algo positivo. Mas e se eu não quisesse ser uma história inspiradora?

Desde então, tenho dado a essa parte ansiosa de mim um Zolpidem para que possa dormir, mas vou dizer uma coisa: nada é preto no branco. Não sou perfeito e, às vezes, no meio da noite, noto a preferência por uma versão mais caótica de mim. Jamais me martirizo pelas recaídas, porque, antes de mais nada, punição e vergonha foram o que me levaram a ser aquela pessoa. Cada ato destrutivo que cometi contra mim se originou da falta de amor-próprio e da crença de que eu não merecia uma vida feliz e equilibrada. O que não tem a ver com direitos. Pelo contrário, tem a ver com a percepção de que você é igual a todos os outros. Você quer um parceiro que o entenda, um emprego onde se sinta valorizado e amigos que realmente apareçam quando você convida. Quando você se dá conta do quanto somos parecidos e de que você não está sozinho na Ilha da Louca Individualidade, pode se curar da cegueira de enxergar apenas a si mesmo. Levei muito tempo para entender, mas, no segundo que o fiz, fui capaz de finalmente viver uma vida que parecia relevante. Agora me tornei a pessoa que jamais imaginei ser. Malho seis dias por semana, tento me alimentar direito e, com exceção do ocasional Alprazolam para dormir, não uso drogas. Às vezes minha recém-descoberta maturidade me faz querer vomitar, mas não a trocaria por nada. Minha existência, embora menos excitante, não lembra mais um frágil pedaço de lixo. Parece minha. Eu vinha alugando meu corpo por vinte e tantos anos, sem saber se devia investir em mim mesmo e finalmente comprar. *Não sei*, pensava. *É meio que um muquifo. Será que vale a pena?* A resposta, claro, é sempre sim.

EPÍLOGO

A segunda década da minha vida está quase no fim. Se forçar bem os olhos, posso ver os trinta bebendo martíni, calçando mocassins e descontando um belo cheque. Parece feliz e, mais importante, não tão diferente de onde estou agora. Ainda assim, fico contente em envelhecer. Jamais pensei que aconteceria. Por muito tempo, acreditei que a juventude era a coisa mais interessante em uma pessoa. Não consigo me imaginar tendo esse pensamento novamente, mas ele existiu. Vivia dentro de mim, uma diferente versão do Ryan atual, mas, ainda assim, a essência da pessoa que sou hoje. Quero dar um beijo e um tapa nesse cara.

Há alguns meses, estava na casa dos meus pais, vasculhando as caixas com minhas recordações, e encontrei os velhos diários do meu pai. Os registros abrangem seus vinte anos e falam muito de sua ansiedade em chamar meninas para sair e em passar no programa de graduação da USC. De muitas maneiras, parecem uma réplica do que eu tinha criado no *Thought Catalog*. Eu poderia ter transcrito aqueles textos e postado, e ninguém diria *Hmm, que porra é essa? Não estamos mais em 1975, mano!* Analisando o que meu pai havia escrito, percebi uma verdade reconfortante: ser um fodido aos vinte anos é atemporal! Aos trinta, a maioria de nossos pais pode ter conseguido um emprego, casado e tido filhos, mas isso não quer dizer que sabiam o que estavam fazendo. Eles foram forçados a amadurecer muito cedo, motivo pelo qual muitos deles, quando se divorciam aos quarenta, agem como crianças mimadas. As pessoas gostam de desmerecer os Millennials e fingir que somos as primeiras pessoas a se sentirem perdidas aos vinte anos, mas as dúvidas que rondam a mente dos jovens sempre existiram. A única diferença é que temos Wi-Fi, o que nos permite divulgá-las. Aparentemente, as pessoas que nos criticam se esqueceram dessa parte; se esqueceram de como é ter 23 anos e rezar para acordar um dia sabendo como amar alguém, como fazer um bom trabalho, manter as amizades e guardar dinheiro. Elas se esqueceram de que, quando despimos alguém de todas as pretensões e vemos seus verdadeiros desejos, eles não parecem tão diferentes ao longo das gerações. Todos temos histórias que valem a pena contar. Todos sentimos a necessidade de compartilhar experiências. Isso se chama ser humano, não Millennial.

    A comunicação é uma peculiaridade da nossa geração com a qual posso lidar. Na verdade, as muitas maneiras pelas quais somos capazes de nos "conectar" com outras pessoas hoje em dia têm me dessensibilizado. Eu me tornei imune a rostinhos bonitos. Eu me tornei imune a piadas, a hobbies e interesses. Todos parecem iguais em uma thumbnail. Todos são substituíveis em um *sobre mim*. Penso em meus pais se conhecendo aos vinte anos e prestando atenção aos mínimos detalhes, porque seu mundo era muito pequeno para agir diferente. Você não podia se dar o luxo de checar o Facebook para descobrir quem eram seus amigos em comum. Você precisava estar presente. Aquela podia ser a única oportunidade para ficar com alguém de quem realmente gostasse. Correr atrás dele. Conseguir um telefone. Não dar um bolo no primeiro encontro. Dizer que o ama. Não é loucura. O amor não é loucura. Você não pode se dar o luxo de ser covarde.

    Quando reflito sobre como socializamos agora, surto, pensando em quantas pessoas maravilhosas deixei de conhecer porque só dei três segundos para se revelarem. Em vez disso, me voltei para mim, sempre eu, confiando em meu narcisismo para me aquecer à noite. Envolvi meus braços tortos e massageei minhas pernas tensas. E isso me parecia confortável. Parecia algo que não podia me desapontar. Mas a vida fica muito difícil de aturar quando se está por conta própria. Cada vez mais, estou aprendendo que esse mundo não foi feito para ser saboreado sozinho. Não importa se o experimenta com amigos ou amantes, você deve ter sempre alguém que o inspire a ser melhor e o force a enfrentar as consequências de seus atos e a semear o amor. Você pode achar essa pessoa! Você pode fazer o que bem entender. Perdi tanto da última década me sentindo no lugar errado e me perguntando como chegar ao lugar em que tudo seria perfeito. Havia impaciência, uma necessidade de recompensa imediata que meus pais e a internet tinham incutido em mim. Mas não estou mais tão preocupado com o que existe lá na frente, porque estou contente com o agora. O agora é bom. Eu gosto do agora. O agora gosta de mim. Não estou lutando contra isso. Sei que, eventualmente, vou encontrar o amor e embarcar na maior aventura da minha vida, que será uma relação monogâmica duradoura, mas, até que aconteça, ficarei bem.

Não me arrependo de nada. E você também não deveria. Você deveria se lembrar de tudo. Deveria se lembrar de todo o tempo perdido em sua cama, ou na cama de outra pessoa, ou em algum bar, onde escutou por acaso as mesmas fofocas. Você deveria se lembrar de como era magro, mesmo se alimentando de pizza e cerveja. Você deveria se lembrar de todas as pessoas que tentou amar e que tentaram amá-lo; de todos os apartamentos supervalorizados, todas as amizades tóxicas e todo o dinheiro gasto em coisas de que nem mais se recorda. Então quero que se lembre do momento em que desenvolveu a sagaz percepção do que funciona ou não para você. Quero que se lembre de se sentir confortável consigo mesmo, e não como se precisasse se desculpar por tudo. Quero que se lembre da primeira vez que decidiu não colocar o próprio coração nas mãos descuidadas de outra pessoa. São esses os momentos mais importantes: os instantes em que você não mais se sente a pessoa que quer ser, mas a pessoa que já é. Isso é muito foda. É especial.

AGRADECIMENTOS

Antes de mais nada, este livro não seria possível se não fosse pela minha agente literária, Lydia Willis. Seu apoio incondicional, orientação e infinitos looks sofisticados da Comme des Garçons foram os responsáveis por eu ter conseguido terminar este livro. Também quero agradecer a você, Nora Spiegel, por descobrir meus textos e por dizer um *Ei, você devia ir atrás desse cara!* à Lydia.

A meu editor, Michael Szczerban — ainda não faço ideia de por que você, um hétero esperto e ponderado, decidiu comprar o livro de uma bicha louca como eu, mas estou feliz que tenha feito isso! Ao editar este livro, você me ensinou a ser um escritor. Obrigado.

Sydney Tanigawa e todo mundo na S&S: obrigado por levarem a cabo este livro insano (e atrasado) e o fazerem de forma tão linda.

A meus maravilhosos agentes na CAA, Chelsea Reed e Mackenzie Condon. Vocês, garotas, são as melhores líderes de torcida que um garoto completamente neurótico poderia ter. Obrigado por acreditarem em minha escrita/habilidade em render $$$ para vocês!!!!

Chris Lavergne: Você é meu maluco beleza #1. Se não tivesse dado um lar para meus sentimentos por tantos anos no *Thought Catalog*, eu não estaria lhe agradecendo agora!

Stephanie Georgopulos e Brandon Gorrell: amo vocês demais, genteeeee. Fomos um trisal insano em Nova York. E, Steph, meu amor, obrigado por ler todos os rascunhos horríveis deste livro e por ter me dado dicas de como torná-lo menos pior.

Mike Chessler e Chris Alberghini: obrigado por me tirarem do mundo dos blogs e me darem meu primeiro emprego como roteirista de TV. Vocês são raios de sol brilhantes em uma indústria SOMBRIA PRA CARALHO.

Mãe e pai: amo vocês mais que qualquer coisa no mundo. Mãe, você é a melhor mãe de todos os tempos. Você é tão altruísta e amorosa... Uma mulher extraordinária de verdade. Pai, você influenciou muito o modo como vejo o mundo. SOU OBCECADO POR VOCÊ.

Allison e Sean O'Connell: obrigado por serem meus parentes e por me deixarem falar sobre vocês no livro. (Sacanagem! Vocês não tinham escolha em nenhum dos dois casos.) Mas, sério, vocês têm sido irmãos espetaculares. Muito amor para vocês.

Minha madrasta, Pamela Eells: você tem sido tão amável, gentil e inspiradora. Obrigado por ser uma das minhas melhores amigas e por me encorajar em todos os aspectos da minha vida.

Obrigado aos seguintes amigos por influenciarem minha vida/trabalho: Caitie Rolls (dez anos de amizade. Você vai para sempre ser a manteiga de amendoim da minha geleia); meu amor #1, Lara Schoenhals; Clare Tivnan, Cailan Calandro, Molly McAleer, Bailey DeBruynkops, Braden Graeber, Renée Barton, Carey Waggoner, Deanie Eichenstein, Kyle Buchanan, Tanner Cohen, Rachel Zeiger-Haag, Alta Finn, Audrey Adams, Alex Simone, Natalie Roy, Danna Friedberg, Caitlin Truman, Colette Kennedy, Beth Montana, Alex Sharry. A família *Awkward*: Jenna Lamia, Sarah Walker, Leila Cohan-Miccio, Allison Gibson Montgomery e Anna Christopher. Kyle Buchanan, por fazer ser gay menos gay. Michelle Collins, Sam Lansky, Carey O'Donnell, Jeff Petriello, Adam Goldman, Danielle Reuther, meu irmãozinho Jason O'Connell, minha avó Darline Record, o V Bar do East Village, onde a maior parte deste livro foi escrita, e, ainda, o Alfred Coffee de Los Angeles. Um alô especial para a Easton Gym e ao Alprazolam, por me ajudarem a manter a sanidade enquanto escrevia esta coisa.

Este livro foi composto nas tipologias Eye Catching Pro, Palatino
Linotype e Toolbox Hunterswood e impresso em papel offwhite
no Sistema Cameron da Divisão Gráfica da Distribuidora Record.